Walter W. Braun

Dunkel überm Eulenstein

Tragödie auf der Bühlerhöhe

Ein Baden-Krimi

Bibliografische Information der Deutschen Nationalbibliothek:
Die Deutsche Nationalbibliothek verzeichnet diese Publikation in der Deutschen Nationalbibliografie; detaillierte bibliografische Daten sind im Internet über http://dnb.dnb.de abrufbar.

© 2024 Name des Autors/Rechteinhabers: Walter W. Braun

Illustration: Walter W. Braun

Verlag: BoD · Books on Demand GmbH, In de Tarpen 42,

22848 Norderstedt

Druck: Libri Plureos GmbH, Friedensallee 273, 22763 Hamburg

ISBN: 978-3-7412-9949-0

Inhaltsverzeichnis

	Prolog	5
1	Hochzeit im Mai	7
2	Nachgeholte Flitterwochen	18
3	Ein Sohn wird geboren	31
4	Erste dunkle Wolken ziehen auf	36
5	Kevin kommt in die Schule	53
6	Der Eklat	63
7	Wie soll es weitergehen?	68
8	Arno kann's nicht lassen	77
9	Unerwarteter Zwischenfall	88
10	Erneuter Rückfall in die Krankheit	96
11	Die Lage spitzt sich zu	106
12	Die Trennung wird vollzogen	111
13	Das Verhängnis nimmt seinen Lauf	119
14	Die Suchmaschinerie läuft an	134
15	Eine erste Spur	142
	Epilog	152

Prolog

Alles kannst du im Leben erreichen, du musst es nur wollen und topmotiviert die gesteckten Ziele verfolgen.

Das sind gerne gebrauchte Worthülsen von Motivations-Coaches und sogenannten Lebensberatern. Du musst nur unerschütterlich an eine Sache glauben, möchten sie uns weismachen. Mit dem realen Dasein im wirklichen Leben und grauen Alltag hat das selten etwas zu tun, wenngleich Selbstmotivation durchaus nützlich sein kann. Was ist aber, wenn das Schicksal die Weichen anders stellt, wenn die raue Wirklichkeit des Lebens brutal zuschlägt und am Ende kein Ausweg mehr erkennbar ist? Mit den Protagonisten dieser Fiktion hat es das Schicksal am Ende nicht gut gemeint.

Die Handlung basiert auf der Grundlage eines bis heute nicht abgeschlossenen Kriminalfalles. Sämtliche Handlungsorte und alle geschilderten Ereignisse sind jedoch frei erfunden und eventuelle Übereinstimmungen wären rein zufällig. Außer dem weitläufigen Waldgebiet rund um die Bühlerhöhe, und auch der besuchten und erwähnten Urlaubsregionen, sind alle Abläufe, Personen und Schilderungen frei erfunden und haben so nichts mit den tatsächlichen Geschehnissen zu tun. Der tatsächliche Hergang ist in seinen Einzelheiten bis heute auch nicht bekannt und wird - so traurig es ist - wahrscheinlich für immer im Dunkeln verbleiben.

1

Hochzeit im Mai

Ein sonnig-warmer Frühlingstag lag über dem Ort und den Rebhängen östlich von Weingarten, einer kleinen Stadt am Rande des Kraichgaues und im Rheintal nahe Karlsruhe. Die Sonnenstrahlen fluteten über die erwachende Natur und die zeigte sich im explodierenden Aufbruch, Vogelgezwitscher erfüllte die Luft und die Bäume trieben ihr erstes lindes Grün. Von der katholischen Kirche St. Michael läuteten währenddessen die Kirchenglocken zur Hochzeit von Arno Koch und Christel, geborene Frank. Mit anwesend waren neben den Familien des Paares viele gute Freunde und Bekannte aus den Vereinen, der Nachbarschaft oder den Arbeitsplätzen der Brautleute. Man kannte sich im beschaulichen Städtchen und beteiligte sich gerne, wenn es irgendwo etwas zu feiern gab.

Die standesamtliche Eheschließung hatte schon tags zuvor im schönen Ambiente und stilvollen Trauzimmer des Ettlinger Schloss [1]) stattgefunden und man hatte danach dort im familiären Kreis auch das Mittagessen in einem rustikalen Lokal in der Fußgängerzone eingenommen. Dem folgte Spätnachmittags ein ausgelassener Polterabend, den die vielen Freunde und auch einige Arbeitskollegen des Paares ausrichteten. Dutzende Luftballons schwebten gen Himmel und sollten Glück verheißen, Sekt und Zwetschgenwasser trugen zur Hebung der fröhlichen Stimmung bei. Trotz dem bevorstehenden, erwartet anstrengenden Tag, wurde es für das Brautpaar ein langer Abend und eine kurze Nacht.

---

[1]) https://www.ettlingen.de/erleben/sehenswuerdigkeiten/schloss

Das nahmen sie in Kauf, oder man hätte auch sagen können, es war der gewisse Reiz, es gehörte zu einem grandiosen Fest dazu, an das man sich später gerne noch erinnern wollte. Also egal, „wir heiraten nur einmal", meinten die Brautleute und nahmen es locker. Außerdem war man jung, so richtig im Saft und konnte etwas vertragen. Da durfte man durchaus ruhig einmal ordentlich über die Stränge schlagen.

Die kirchliche Trauung in der Heimatstadt, in der beide geboren und aufgewachsen sind, fand am 18. Mai 1994 früh nachmittags satt. Glücklich gaben sie sich auf die Frage des Pfarrers das Ja-Wort, streiften die Ringe über und durften sich küssen. Vor der Kirche wurden sie von Schulkameraden überrascht, die Rosenblätter auf den Weg streuten und über die Köpfe Reis - zum Zeichen des Glücks; Bergkameraden von Arno standen mit über dem Kopf gekreuzten Eispickeln Spalier. Sekt stand bereit, mit dem alle auf eine harmonische Ehe anstoßen durften und das Paar hochleben ließen. Der Sekt war auch dem Hochzeitspaar sehr willkommen, denn er regte den Kreislauf ein wenig an. Trotz Adrenalin - der Besonderheit des Ereignisses geschuldet - machten sich die Folgen des vorangegangenen Abends in der Kirche bemerkbar und Gähnen war doch ein wenig peinlich.

Die Hochzeitsgäste überhäuften das frisch getraute Ehepaar mit Geschenken und guten Wünschen. Nach der Zeremonie in der Kirche fuhren Hochzeitpaar und Gäste mit Autos in einer langen Karawane und laut hupend zum Walk'schen Haus [2]). Dort im renommierten Haus und feinen Ambiente schlossen sich ein Festessen und eine ausgelassene Feier mit rund 100 Gästen an.

Das wurde ein rundum gelungenes Fest, an das sich die Beteiligten noch lange gerne erinnerten. Ein Musiker-Trio spielte zum Tanz auf und beim dargebotenen Repertoire blieben wahrlich keine Wünsche offen. Gekonnt ging das Trio auf Vorschläge der Gäste ein. Gelungene, fernsehreife Vorträge und Sketche gestalteten den langen Abend unterhaltsam und kurzweilig. Lacher gab es, wenn das Hochzeitspaar mit eingebunden war und knifflige Aufgaben meistern

---

[2]) https://www.walksches-haus.de/

musste. Zwischendrin wurde mit viel Hallo der Hochzeitskuchen angeschnitten und verteilt und die hübschen Bedienungen kamen kaum hinterher, den Gästen stets die Gläser wieder aufzufüllen.

Beim 5-gängigen Menü im Gourmet-Restaurant fehlte es an nichts; die Speisen wurden dem guten Ruf des Hauses voll gerecht. Abgerundet wurde das üppige Menü mit Sekt und erlesenen Weinen aus der Weinheimer Winzergenossenschaft, dazu gab es Bier vom Fass, Mineralwasser und andere Getränke, sowie edle Schnäpse. „Last but not least", ein feiner Cognac durfte als aromatischer Digestif zum krönenden Abschluss auch nicht fehlen. Für jeden war etwas dabei und die Gourmets kamen voll auf ihre Kosten. Selbst die ansonsten kritischen Gäste zeigten sich hinterher sehr zufrieden und später bemerkte der Gastvater Ernst Koch:

„Die Badener sind gleich die Schwaben. Deren Motto lautet: Me glaubt gar nit, was in ein neigeht, wem'r iglade isch!" (Man glaubt gar nicht, was man essen kann, wenn man eingeladen ist). Oder andere sagen - im Blick auf die opulenten Gaumenfreuden: „Wenn d'Buggl doch bloß au no Ranze wär" (Wenn der Buckel doch auch noch Bauch wäre).

Taufrisch war das Hochzeitspaar in ihrer Beziehung längst nicht mehr; sie lebten schon drei Jahre zusammen, zeigten sich aber „verliebt wie am ersten Tag" und schienen sich gesucht und gefunden zu haben.

„Sie geben sich wie die Turteltauben", hörte man im Umfeld mit ein wenig Neid in der Stimme sagen.

Vor zwei Jahren zogen sie in das von Arno mit viel Eigenleistung und - im wahrsten Sinne des biblischen Wortes - „im Schweiße des Angesichtes" im Neubaugebiet der Stadt errichtetes Einfamilienhaus ein. Mindestens ein Jahr gab es für ihn noch zu tun, bis alles einigermaßen so war, wie sie sich das wünschten und das Traumhaus vorstellten. Der Außenbereich wartete zum Schluss noch auf Vollendung in der Anlage und Gestaltung und das machte viel und körperlich harte Arbeit.

Bei diesem Tun durfte Arno regelmäßig auf die Mithilfe mehrerer handwerklich sehr geschickten Freunde rechnen, die er aus den

Vereinen und vom Sport her kannte. Sie halfen ihm gerne nach Feierabend oder an Samstag einige Stunden mit und noch wichtiger war, sie gaben gute Tipps mit fachmännischem Rat, so wie es eben in einer kleinen Stadt in dem sich jeder kennt Sitte ist. Traditionell hilft man sich da gegenseitig seit eh und eh.

Sämtliche Ersparnisse der beiden sind in den Bau eingeflossen und zusätzlich hatte Ernst Koch, der Vater von Arno, 50.000 Mark beigesteuert. Unter Einbeziehung aller Eigenleistungen war man in der glücklichen Lage solide und großzügig zu bauen. Die restliche Finanzierung lief über die örtliche Sparkasse und das war okay, es war einfach und ist unkompliziert abgewickelt worden.

Eine moderne Einbauküche hatten sie gleich mit eingeplant, mitfinanziert und einbauen lassen. Für die übrige, komfortable Einrichtung brachte Christel Geld mit ein. Der Dispositionskreditrahmen ihrer Konten wurde auch voll in Anspruch genommen. Auf diese Weise gelang es - mit Klimmzügen und gemeinsamer Anstrengung - sich ein schönes, wohnliches Heim einzurichten. Nachdem sie eingezogen waren, gaben sie ein großes Einweihungsfest, zu dem Arno und Christel die Familien und alle am Bau Beteiligten einluden und um sich scharten. Von allen Seiten erhielten sie Glückwünsche zum gelungenen Werk und natürlich waren beide sehr stolz.

Zum Haus gehörte ein nicht allzu großes Gartengelände, das aber genügend Platz zum Sitzen und Grillen bot. Die eine Hälfte wird seither für ein wenig Gemüseanbau genutzt. Für ihre Verhältnisse schien das Anwesen perfekt; nicht zu groß und doch mit ausreichender Bewegungsfreiheit und Komfort in einer sehr schönen Wohnlage.

Zur Hochzeit hatten sie sich Geschenke in Form von Geld- spenden von der großen Familie, Verwandtschaft und dem Freundeskreis gewünscht - und das wurde weitgehend befolgt. Auf diese Weise kam eine erkleckliche Summe zusammen, die für eine Sondertilgung beim Haus diente und für den Kauf von Kleinigkeiten, die bei der Einrichtung bisher noch fehlten.

Die Kosten der Hochzeitsfeier mit allem drum herum hatten die jeweiligen Eltern hälftig übernommen. Sie teilten alles, so dass daraus dem neuvermählten Ehepaar keine weiteren Ausgaben entstanden sind. Das war für die beiden Gründe genug, vollkommen glücklich zu sein und sie schwelgten tagelang im Honeymoon.

Eine Hochzeitsreise hatte man sich gespart und für später vorgenommen. Stattdessen machten sie eine Woche Urlaub zu Hause und zwei schöne Tage verbrachten sie im Badespaß am Baggersee in der Nähe von Karlsruhe. Zu diesem konnten sie bequem mit dem Fahrrad radeln. Zwischendurch wanderten sie bei Halbtagestouren zum Michaelsberg in Untergrombach oder zum Wartturm in Weingarten und ließen es sich allgemein gut ergehen.

Der Michaelsberg [3]) hatte es ihnen schon seit der Jugendzeit angetan und somit sah man sie in der Vergangenheit schon öfters da. Grund ist, es ist nicht nur ein Ort mit fantastischer Aussicht in das Rheintal, hinüber zum Pfälzer Wald und den Vogesen, sondern es ist auch ein magischer Ort, dem eine besondere Energie zugesprochen wird. Die Siedlungsgeschichte lässt sich bis ins 5. und 4. Jahrhundert vor Christus verfolgen. Anziehungspunkt für verliebte junge Leute ist der „Kindlesbrunnen". Der Sage nach wurden alle neugeborenen Untergrombacher erst vom Klapperstorch aus diesem Brunnen geholt und selbstverständlich treiben junge Leute mit dieser Geschichte ihren Spaß. Das ist aber nicht alles. Ein Café und Restaurant lädt zu Kaffee und Kuchen ein, es gibt Weizenbier oder badischen Wein oder man bleibt gleich zum Essen.

Eine weithin gute Weitsicht bietet dem Wanderer ebenfalls der Wartturm oberhalb der Stadt und mit freier Sicht auf den Stadtkern. Besonders auffallend sind von da die beiden in Nachbarschaft und in schöner Eintracht stehenden Gebäude zu sehen, der katholischen und evangelischen Kirche; sozusagen Eingang an Eingang.

Solche Spaziergänge boten ihnen eine willkommene Abwechslung und waren sie ihnen vorerst Erholung und Freizeitaktivität genug. Zudem war noch Mai, „wo der Spargel sprießt", wie man zu sagen pflegte. An den frühlingshaften Tagen stiegen die Hormone und als frisch getrautes Ehepaar durften sie ungeniert - unabhängig von

---

[3]) https://de.wikipedia.org/wiki/Michaelsberg_(Untergrombach)

der Tageszeit - die körperlichen Freuden in vollen Zügen genießen - und das taten sie mit Ausdauer und großem Vergnügen.

    Der jetzt frisch vermählte Ehemann ließ sich als ein Typ beschreiben, der bei den Frauen gut ankam. Mit 1,86 Meter war er eine stattliche Erscheinung, sportlich und drahtig. In den letzten Jahren hatte er, lange schon bevor er Christel kennenlernte und mit ihr eine Liaison einging, wechselnde Bekanntschaften mit Mädchen aus der Stadt und dem weiteren Umfeld. Etwa Gleichaltrige aus dem Sportverein gehörten dazu. Diverse junge Damen lernte er in Diskotheken kennen oder einfach auf irgendwelchen Festen und geselligen Ereignissen in der weiten heimatlichen Umgebung. Ein Kostverächter war er nie, nein wirklich nicht und man schätzte ihn zudem als kurzweilig-unterhaltsamen, witzigen Plauderer. Zudem konnte er ausgesprochen charmant sein, wenn er wollte oder bestimmte Ziele damit verfolgte. Nur seine Kolleginnen vom Arbeitsplatz waren für ihn ein Tabu, da wollte er aus grundsätzlicher Erwägung keinerlei Risiken eingehen.

    Kurzum, Arno kam beim anderen Geschlecht blendend an. Allein sein Lachen erwärmte das Herz vieler Frauen. Engere Verbindungen hielten aber meistens nicht sehr lange; wurden nach kurzer Zeit oder nach wenigen Monaten wieder gelöst. Eine feste Bindung hatte sich somit bisher nie ergeben, bis er schließlich Christel kennenlernen konnte.

    Sie sind zufällig an einem späten Sonntagnachmittag im Weingut Zorn, der Besenwirtschaft Guggugsneschtin im benachbarten Neuenbürg aufeinandergestoßen. Das Mädchen war mit drei lachenden und schäkernden Freundinnen dort aufgetaucht, während er nach einer Runde mit dem Fahrrad seinen Flüssigkeitspegel auffüllen wollte. Sie ist ihm sofort angenehm aufgefallen und hatte sie schon eine Weile heimlich beobachtet, so nach dem Motto:

„Sie guckt ob i guck, aber i guck net. Ich guck ob sie guckt, aber sie guckt net, aber irgendwie habe mer uns gucke g'seh." Also, es trafen sich doch ihre Blicke und der erste Austausch folgte verbal.

    Er tat so, als ob er sich die Füße vertreten wollte und begab sich langsam nach draußen. Es dauerte nicht lange und sie stand in seiner Nähe und rauchte eine Zigarette und so kamen sie nebenbei locker ins Gespräch. Er sparte nicht mit Komplimenten, ja er wuchs als Charmeur wieder einmal geradezu über sich hinaus.

„Worum hocksch denn so e'leinig do rum?", wollte sie wissen, „kumm doch zu uns on unseren Disch", fügte sie an.

„Ja was isch was und wenn ja warum, nein, um Himmels Willen, bei dir sitzt mir zu viel geballte Frauenpower", wehrte er ab, lies sich dann aber doch überreden und so kamen sie in der Runde schnell in eine fröhliche und witzige Unterhaltung.

„Du bist ein Schwerenöter, gell", sagte sie ihm gleich zu Anfang.

„Wie vielen Frauen hast du schon das Herz gebrochen, heh, sei ehrlich, du Lumbeseggl du liedriger (durchtriebener Mensch)", fügte sie süffisant lächelnd hinzu, ohne wirklich eine ehrliche Antwort zu erwarten.

„Der Kenner genießt und schweigt", gab er ihr zur Antwort. Bevor man auseinanderging, hatte Arno und Christel aber die Telefonnummern ausgetauscht und ein Treffen in der nächsten Tagen ins Auge gefasst.

Während der Kinder- und Jugendzeit hatte Arno Koch Fußball gespielt und er war Mitglied der Fußballvereinigung Weingarten 1906. Für diesen Verein spielte er einst bei den C 1 und C 2-Junioren, bis er wegen Schule und später im Studium dafür nicht mehr genügend Zeit frei machen konnte. Später war das Interesse für aktiven Fußball vorbei, als Zuschauer blieb er aber ein eingefleischter Fan des KSC und da lag es nahe, dass er sich auch manches Spiel direkt vor Ort im Wildpark-Stadion - in der badischen Residenzstadt - angeschaut hat.

Die Fitness ist ihm erhalten geblieben und das kam nicht von ungefähr, er tat auch einiges dafür. Gerne nützte er seine Freizeit und fuhr mit dem Bike kreuz und quer durch die Region oder er wanderte gerne im Nordschwarzwald, in der Pfalz, durch die dichten Wälder und über Höhen der nördlichen Vogesen, wo manche Ruine von Burgen und Schlösser gezielte Anlauf- oder Orientierungspunkte sind. Dreißig Kilometer und mehr am Tag waren da keine Seltenheit. Oft war er dabei mit Freunden und Bekannten beiderlei Geschlechts unterwegs, doch er hatte auch keinerlei Probleme einmal alleine eine größere Runde zu laufen oder zu radeln.

„Da muss ich nicht so viel reden, ich kann meinen Gedanken nachhängen und der Kopf wird frei", sagte er auf entsprechende Fragen. Nebenbei war er Mitglied im Alpenverein der DAV Sektion Karlsruhe und nahm zwei oder dreimal im Jahr an mehrtägigen, teils anspruchsvollen Bergtouren teil oder er traf sich mit Gleichgesinnten in der Kletterhalle, aber auch in anderen Fitness-Zentren.

Nach dem Gymnasium und Abitur hatte er Informatik an der Fridericiana in Karlsruhe studiert. Sie ist die älteste Technische Hochschule Deutschlands - heute KIT [4]- und wurde 1972 als erste Informatikfakultät Deutschlands gegründet. Dieses Studium schloss er überdurchschnittlich gut ab und da hatte er schon einen Arbeitsvertrag seines jetzigen Arbeitgebers in der Tasche.

Christel war eine junge hübsche Frau, brünett und gut gebaut, hatte blaue Augen und eine schlanke, aber durchaus gut proportionierte frauliche Figur. Sie übte von Anfang an eine gewisse Ausstrahlung auf Arno aus und zärtlich nannte er sie Chipsi - nach einer witzigen, bayrischen Schauspielerin, die er vom Fernsehen kannte. Der Kosename gefiel ihr, das hörte sie gerne, wenn sie verliebt zusammen waren und ihn nannte sie Tiger - aber englisch ausgesprochen: „Teiger". „Teiger", das sollte sich exotischer anhören und in der Tat, Arno wirkte auf Christel sehr exotisch-erotisch; er war vom ersten Augenblick des Kennenlernens ihr Traummann.

Arno begann nach dem Studium in einem Rechenzentrum in Karlsruhe und wurde zum anerkannten IT-Spezialisten auf seinem Gebiet. Hier war er aber auch gerade in dem Jahr, in dem sie heirateten, sehr stark gefordert. Die Entwicklung der Programme für Banken und anderen spezialisierten Unternehmen verlief in jener Zeit auf diesem Gebiet geradezu atemberaubend. In kurzen Zeitabständen ergaben sich Quantensprünge bei der Entwicklung und es war kaum möglich

---

[4]) https://www.kit.edu/

mit dem Wissen auf dem neuesten Stand zu bleiben und Schritt halten zu können. Halbjährlich schienen die Prozessoren und Speichermöglichkeiten im Quadrat zuzunehmen. Das erforderte viele Überstunden und oft musste er auch am Wochenende präsent sein. Häufige Geschäftsreisen innerhalb Deutschlands und gelegentlich ins Ausland gehörten selbstverständlich mit zum vielseitigen Job dazu.

Christel war Verkäuferin im Kaufhaus Schneider in Bruchsal und von ihrer Natur durchaus eine selbstbewusste Dame. Für Tanzen hatte sie ein besonderes Faible - womit wiederum Arno gar nichts am Hut hatte und von dem „Gehopse", wie er sagte, nichts abgewinnen konnte. Sie hatte für anstrengende sportliche Aktivitäten wenig im Sinn, wobei sie von Natur aus nicht unsportlich schien. Da hielt sie sich aber eher an Winston Churchill, der gesagt haben soll: „No Sports!" Dafür ging sie lieber ins Kino oder in eine Diskothek und gelegentlich in musikalische Veranstaltungen bekannter Bands, die regelmäßig in Karlsruhe oder Mannheim Vorstellungen gaben. Das Singen liebte sich auch über alles und sie verfügte über eine schöne Stimme, kannte viele Volkslieder, interessierte sich trotzdem in gleicher Weise für die klassische Musik. Manchmal besuchte sie ein Musical oder eine Oper und überdies sah man sie in der Saison mindestens einmal bei den Darbietungen der Volksschauspiele in Ötigheim.

Nach der mittleren Reife hate sie eine kaufmännische Lehre absolviert und mit gutem Ergebnis abgeschlossen. Hinterher blieb sie dem Ausbildungsbetrieb treu. Sie arbeitete weiter, wo sie gelernt hatte, da kannte sie sich aus, da war ihr alles vertraut. Ihr Job war auch wesentlich entspannter, wie der von Arno und sie hatte deutlich mehr Freizeit. Ihr Gehalt ließ sich dementsprechend auch keinesfalls mit dem ihres angetrauten Ehemannes messen.

Die junge Dame hatte auch schon einige Bekanntschaften hinter sich. Sie ist häufiger einmal mit einem Kollegen aus der Firma ausgegangen, oder sie hatte sich mit jungen Männern auf regionalen Festen und bei diversen Feiern getroffen. Berührungsängste waren ihr fremd und sie gewann, wenn sie sollte, schnellen Anschluss. Chipsi verfügte über eine starke Libido und Arno war demzufolge nicht der erste Mann, den sie kennengelernt und geliebt hatte. Etwas Ernsthaftes war vor Arno aber nie dabei. Sie hatte die Abwechslung geliebt und vor der Heirat oder bevor sie Arno kennengelernt hat, nie einem One-Night-Stand abgeneigt gesen; einem unverbindlichen sexuellen Abenteuer. Wie es sich eben ergeben hat. Das war es auch, die Unkompliziertheit in diesen Dingen, was anfangs auf Arno so anziehend wirkte.

„Du bist ein Vamp", scherzte er und graulte Christel zärtlich hinter dem Ohr, nachdem sie sich wieder einmal heftig amüsiert hatten.

„Kriegst du eigentlich nie genug?", fügte er später hinzu und gab ihr einen zarten Klaps auf den Po.

„Wenn es nicht heftiger wird, habe ich das gerne", gab sie zu den Streicheleinheiten ihres Bobbes (Po) zu verstehen.

Blick auf die zwei Kirchen in Nachbarschaft in Weingarten

Der Wartturm

2

Nachgeholte Flitterwochen

In den Anfangsmonaten der Ehe herrschte im Hause der Kochs eitel Sonnenschein. Die Jungvermählten lebten außerhalb der Arbeitszeiten oder was sonst noch unvermeidlich zu tun war, wie die Turteltauben, genossen das Zusammensein und übten sich fleißig im ausdauernden Sex. Langeweile war ein Fremdwort; nur erfüllte Tage und intime Augenblicke. Chipsi hatte in der Tat leichte Anzeichen von Nymphomanie und Arno genoss das in diesen Jahren.

„Du bist ein Vampir, Chipsi und saugst mich voll aus", flüsterte er ihr mehr wie einmal ins Ohr.

„Fress mich, mein Tiger, komm gib mir's", gab sie zurück und küsste heftig ihren Mann.

„Da fällt mir ein Witz ein", scherzte Arno; der geht so: „Frau Lehrerin stellte ihren Schülern die Aufgabe die Namen von Blumen mit vier Silben zu benennen. »Vergissmeinnicht« wusste s'Mariele. Schöön lobte die Frau Lehrerin. »Alpenveilchen« nannte d'Lisbeth auch eine. Schöön antwortete die Frau Lehrerin. »Geschlechtsverkehr« rief Fritzchen vorlaut in die Runde. Aber Fritzchen, das ist doch keine Blume. Nein, Frau Lehrerin, aber schöön!"

Sichtlich wohl fühlten sie sich in ihrem neuen Haus und ihrer gemütlich und modern eingerichteten Wohnung. Das gemeinsame Glück schien perfekt zu sein. Dabei gab es da und dort immer noch etwas zu ergänzen, zu verschönern und zu tun. Doch Arno war handwerklich geschickt und konnte vieles selber erledigen. Wenn das da und dort einmal nicht möglich war, hatte er im Freundeskreis immer jemand, der helfen konnte und ihm das gegen ein Bier machte.

Schnell vergingen so die Wochen und Monate. Alles schien nicht nur, es war in bester Ordnung. Beide verbrachten nach der Arbeit und an den Wochenenden so viel Zeit wie möglich miteinander. Sie waren mit den Rädern im Kraichgau oder der Rheinebene unterwegs oder gingen in eine der vielen Besenwirtschaften in der Region. Oft feierten sie irgendwo mit ihren zahlreichen Freunden und zeigten sich dabei auch nach außen hin als ein vertraut-glückliches, perfektes Paar.

Der einzige Wermutstropfen, Arno kam in den ersten Ehejahren zu seinem Leidwesen nicht mehr so oft zu den gewohnten ausgedehnten Wanderungen und noch weniger in die Berge. Besonders vermisste er die Mehrtages-Touren im Alpenraum, ob in Österreich, der Schweiz oder im Allgäu. Dafür war er jetzt mehr mit seiner Frau mit dem Auto oder mit den Fahrrädern unterwegs. Die flachen Wege rund um Karlsruhe und in der Rheinebene boten sich dafür ideal an. Sie befuhren unter anderem den deutsch-französischen Pamina-Radweg durch die Pfalz und das Elsass, dann bei Seltz über den Rhein oder an anderen Übergängen auf die deutsche Seite wieder zurück. Gerade für Christel stellte das schon öfters eine ziemliche Herausforderung dar, wenn der Tacho 120 Tageskilometer zählte, und ihr hübscher Popo tat ihr weh. Zum Glück fand sich immer wieder ein einladendes Dörfchen am Weg und dort eine Einkehrmöglichkeit. Während der Stärkung und wenn der Flüssigkeitsspiegel aufgefüllt werden musste, konnten sich der Allerwerteste und die Muskeln etwas erholen. Lästig war nur, wenn sie unterwegs einmal in einen Gewitterregen kamen oder auf der Strecke zu heftig der Gegenwind ins Gesicht blies. Zuhause war das aber schnell vergessen und nur die durchmachten Erlebnisse zählten in der Erinnerung noch.

Natürlich waren sie oft auch auf kürzeren Strecken vor der Haustüre unterwegs, sie fuhren nach Bruchsal und im hügeligen Kraichgau nach Bretten oder in andere Orte. Freude bereitete hinterher der Einkehrschwung in einer der schon erwähnten, urigen Besenwirtschaften, von denen es in jedem Dorf oder Städtchen mehrere gibt. Irgendwo hatte immer mindestens eine geöffnet und sie trafen meist auf ein volles Haus.

Dort sitzt man eng zusammen, schlozzt (trinkt) Wein oder ein Schorle vom Haus, vespert deftige Gerichte aus eigener Herstellung und verwöhnt so seinen Gaumen und die Sinne. Dabei wird geratscht und getratscht, da hat man seinen Spaß, es werden nette oder frivole Witze erzählt und gerne nehmen die Badener die Schwaben aufs Korn.

Ein Lieblingswitz von Arno, den er gerne zum Besten gab ging so: „Ein Ehepaar aus Norddeutschland läuft bei Tübingen durch einen Wingert (Weinberg). Kommt der Gôg (mundartlich-schwäbische Bezeichnung für einen Winzer - oder Wengerder aus Tübingen) vorbei und schreit: ‚Wenn'er nit mochet, dass'r us mim Wingert naus kommt, schlag i ihna d'Haxe ab, dass'r uf de Stumpe hoimlaufe könnt'. (Wenn ihr nicht aus meinem Weinberg raus geht, schlage ich euch die Beine ab, dann könnt ihr auf den Stümpfen heimlaufen). ‚Entschuldigung, taten erschrocken die Norddeutschen: Wir wussten nicht, dass wir hier nicht gehen dürfen'. Antwortet der Wengerder seelenruhig: ‚Deshalb sag' is ihna au im Guede." (Deshalb sag ich es ihnen auch im Guten).

Schallendes Gelächter in der geselligen Runde quittierte den Vortrag und wieder wurde eine Runde Williams spendiert.

„Ja, ja, die Schwaben haben eine derbe Sprache, aber ein weiches Herz. Die muss einer erst verstehen können, dann muss man sie lieben", warf einer klug ein.

Die Heimfahrt fiel nach solchen Unterbrechungen nicht selten schwer, denn der Alkohol ging massiv in die Beine und es dauerte zwei, drei Kilometer, bis der richtige Rhythmus wieder gefunden war. Doch bis zum Nachhausekommen war er wieder verdunstet.

Um mit den Freunden beider Seiten in Kontakt zu bleiben, luden die Kochs im Sommer mehrmals den engeren Kreis zu einem Grillfest in den Garten ihres Hauses ein und sie hatten durchweg Glück mit dem Wetter. Die lauen Sommerabende trugen zum guten Gelingen solcher Feste bei und Arno übte sich, ein guter Grillmeister zu sein.

„Ihr habt es wirklich schön und gemütlich. So ein Haus wünsche ich mir auch. Ihr seid zu beneiden." Solches Lob hörten sie gerne und es machte sie stolz und glücklich.

Solche Events wurden zu feuchtfröhlichen Abenden oder besser, sie dauerten bis in den frühen Morgen hinein. Dabei schmiedete man allerhand Pläne für gemeinsame Freizeitgestaltungen in den nächsten Jahren, wie es immer so ist, wenn reichlich Alkohol fließt. Die Geburtstage feierte man natürlich auch gemeinsam im engeren Kreis und es hatte immer jemand Geburtstag. Die Eltern von Christel und Arno weilten gerne an den Wochenenden oder Sonntagen bei ihnen und das Weihnachtsfest feierte man sowieso traditionell zusammen, abwechselnd mal bei der einen, mal bei der anderen Familie. So gesehen kam in diesem Zeitabschnitt nie Langeweile auf und immer war Leben in der Bude.

Die jährlichen Weihnachtsfeste wurden in der Familie Koch vom Ablauf seit jeher wie ein Ritual gepflegt und nun waren eben, neben der Schwiegertochter, auch Maria und Robert Frank - ihre Eltern oder Gegenschwieger - mit dabei. Der Heilige Abend begann am Nachmittag in der großen und mit vielen Erwartungen gespickten Runde mit Kaffee und Kuchen. Das durfte nicht trocken ablaufen und es gab da schon diverse Runden an Hochprozentigem, sodass gegen Abend, dem Beginn des eigentlich christlichen Festes, die Wangen und Köpfe gerötet waren und die Stimmung sich längst auf Hochtouren lief.

Das stimmungsvolle Zusammensein ging zur obligatorischen Geschenküberreichung über, es wurden ein paar weihnachtliche Lieder mit Inbrunst gesungen, wobei das Traditionslied „Stille Nacht, heilige Nacht" nie fehlen durfte. Wie spottete da gerne Arno:

„Wenn schon nicht alle astrein singen können, dafür aber umso lauter." Nun, so war es eben. Das gehört zu einer Familienfeier dazu, das durfte man nicht so eng sehen.

Waren schließlich die Geschenke ausgepackt, bewundert und ausgiebig gewürdigt, stand unmittelbar danach ein krönendes Festessen auf dem Tisch. Ein exzellenter Rotwein wurde gereicht und diverse andere Getränke machten die Runde. Meistens hatte einer von den Familien aus der Pfalz, von Baden oder dem benachbarten Württemberg im Kraichgau rechtzeitig noch eine Eiswein-Beerenauslese besorgt und mitgebracht. Das war immer ein besonders edler Tropfen, der sozusagen als zweites Dessert kredenzt wurde. Eine Flasche dieser Spezialitäten reichte gerade einmal für jeden nur für ein Aperitif-Gläschen, das war aber kein Mangel, es waren genügend andere Getränke vorrätig und somit gönnte sich später die Runde ebenfalls noch einen Carlos I. Dabei handelt es sich um einen feinen, samtweichen spanischen Cognac, den jemand in früheren Jahren in Spanien kennen- und schätzen gelernt hatte. Opa Robert stimmte bei solchen Gelegenheiten gerne den speziellen Trinkspruch an und die anderen sangen kräftig mit:

„Ein hemmer scho, zwei trinke'mer no, drei könne'mer vertrage. Was nützt uns Geld im Altersheim, bei Nudelsupp' und Haferschleim. Ein hemmer scho, zwei trinke'mer no, drei könne'mer vertrage!" (Nach der Melodie: Oh Tannenbaum...)

So verliefen die ersten Jahre wie im Fluge und man konnte nicht sagen, es wäre irgendwo und irgendwann einmal Langeweile aufgekommen. Man nahm es wie es kam und möglichst alles mit. Den ersten Hochzeitstag hätte Arno beinahe vergessen und nachdem ihm das gerade noch einfiel, bekam er beim Gedanken, diesen „verschnappt" zu haben, einen Schweißausbruch. Eilends ging er ins nächste Blumengeschäft und besorgte noch schnell einen schönen, aufwendigen Rosenstrauß, den er zuhause mit strahlendem Gesicht und breitem Grinsen seiner Anvertrauten übergab. Sie bedankte sich mit einem dicken Kuss. Den Abend verbrachten sie dann in einer Besenwirtschaft und ließen es sich dort gut schmecken und mit Lemberger, dem süffigen Württemberger Rotwein, wurde auf das gut gelaufene und ereignisreiche erste Ehejahr angestoßen. Nachdem sie wieder in ihrem vertrauten Heim ankommen waren, feierten sie da noch auf geeignete Weise noch etwas nach.

Im zweiten Jahr nach der Hochzeit flog das Ehepaar zu einem dreiwöchigen Urlaub auf die Kanareninsel Teneriffa. Dort wollten sie jetzt im angenehmen Klima und sonnigen Gefilden die ausgebliebenen Flitterwochen nachholen. Das konnten sie sich trotz den finanziellen Verpflichtungen für den Hausneubau und der teuren Wohnungs-Einrichtung gut leisten, denn Arno hatte von seinem Arbeitgeber eine stattliche Prämie für ein im vergangenen Jahr erfolgreich abgeschlossenen Projekt vergütet bekommen.

„So könnte das jedes Jahr laufen", frohlockte er:

„Dann hätten wir das Haus in wenigen Jahren abbezahlt; zumindest bevor ich in Rente gehe", scherzte er.

Für die drei Wochen Urlaub hatten sie über ein Reisebüro in Los Christianos gebucht. Es ist ein der Urlauberhochburgen im Süden von Teneriffa. Der Flug und die Landung waren unspektakulär und gegen Mittag waren sie schon dort auf der Insel angekommen. Sie wurden vom Hotel-Service am Flughafen abgeholt und das Hotel an sich erwies sich auch relativ neu und modern eingerichtet. Es war mit vier Sternen ausgezeichnet und dem ersten Eindruck nach, schien es sich denen durchaus würdig. Das Zimmer war sauber und im Haus wurde alle geboten, was man von einem guten, international positionierten Hotel erwarten durfte. Der Zimmerservice kam täglich und immer lagen frische Handtücher parat, auf dem Tisch stand kostenlos eine Flasche Mineralwasser und zum Essen gab es Säfte und Wasser oder Sangria gratis dazu. Wer wollte sich da schon zurückhalten.

„Da kann man nicht meckern", kommentierte Chipsi den Service.

Die Abende wurden beim lockeren Flanieren am Strand und anschließender Einkehr in einer der vielen Lokale und Bars etwas ausgedehnt und gestreckt.

„Da sang doch einmal so eine Berliner Sängerin sinngemäß: ,Schön war die Jugend - ziehn wir sie doch noch ein bisschen in die Länge...'", meinte Arno etwas beschwipst.

Es lohnte sich auch sehr, denn die Sonnenuntergänge am Horizont über dem weiten Atlantik waren spektakulär und wenn es am Tag manchmal sich etwas zu warm anfühlte, erwies sich die salzhaltige Abendluft als sehr angenehm und erfrischend. Die befestigten und geschmückten Strandpromenaden zeigten sich Fußgängerfreundlich. Man konnte so kilometerweit mühelos zurückzulegen, wenn sie wollten. Zwischendurch, wenn ihnen die Füße schwer oder der Hals trocken wurde, machten sie es in einem der vielen einladenden Lokale bequem und dort fanden sie schnell Gesprächsteilnehmer, die vorwiegend aus Deutschland, ein paar aber auch aus England oder den Niederlanden. Sie konnten mit allen parlieren. Wichtiger war ihnen jedoch, dort lockten unwiderstehlich feine Sachen zum Essen und zum Trinken. Die spanischen Tapas waren hier in allen Varianten zu bekommen und eine Paella auch, wenn sie Lust darauf hatten. Bei diesem Gericht mussten sie sich allerdings anmelden, denn es wurde nur für Gruppen ausgegeben.

Dafür blieben sie morgens länger im Bett, wenn nicht gerade Wichtiges auf dem Programm stand oder längere Ausflüge übers Land oder besser gesagt, über die Insel, geplant waren. Die warmen Temperaturen, die stressfreie Zeit und das Urlaubsfeeling hatten die Hormone gehörig aktiviert und entsprechend oft und intensiv liebten sie sich.

Bevor sie den Frühstücksraum betraten und sich am gut bestückten Büfett bedienten, drehten sie noch eine Runde ums Hotel oder gingen ein Stück weit den Strand entlang, um sich abzukühlen. Es musste ihnen ja nicht jedermann am rötlich angefärbten Gesicht ansehen, dass sie morgens schon aktiv waren und der Kreislauf gehörig in Schwung gebracht worden war. Arno behauptete auch so, dass Sex am Morgen und am Abend sehr gesund sei, denn der Kreislauf soll mindestens einmal am Tag auf diese Weise auf Hochtouren kommen.

Dafür lümmelten sie tagsüber die meiste Zeit über irgendwo am warmen und dem manchmal fast zu heißen Strand unter dem Sonnenschirm, nur unterbrochen von Schwimmeinlagen im angenehm warmen Atlantikwasser mit nicht zu hohen, anbrandenden Wellen. Das klare Meer erwies sich sauber und makellos. Unaufhörlich brandeten die langen schäumenden Wellen des Ozeans an den flachen Strand und rollten sanft aus. Das Schwimmen im Meer war in diesem Bereich völlig ungefährlich und auch für weniger Geübte möglich. Es soll zwar Haie geben, hörten sie, die seien aber ungefährlich, sagte man. Das kam Chipsi entgegen, denn sie hielt sich für keine gute Schwimmerin und hegte unnötige Ängste, es könnte plötzlich ein Hai auftauchen oder eine Qualle, vielleicht ein Oktopus, was realistisch bei dem Umtrieb in Standnähe wohl ziemlich unwahrscheinlich war.

Sie fanden die Tagestemperaturen Anfang März sehr angenehm und mild. Es wehte Immerzu ein kühlender Passatwind, der so nahe am Äquator die Tageshitze erträglich hielt. Nicht umsonst spricht man deshalb auch vom: „Ewigen Frühling auf den Kanaren!" Die milden Nächte luden zudem ein, bis weit nach Mitternacht draußen zu sitzen oder sich aufzuhalten. Die vielen Restaurants, Bodegas und Bars entlang der Strandpromenade boten dazu ausreichend Gelegenheit, noch zu verweilen, Tintenfische in allen Variationen zu essen und Vino Tinto oder ein paar Glas Gerveza, das einheimische Bier zu trinken.

Zwischendurch zogen sie sich in Zimmer zurück und hielten ein Mittagsschläfchen oder vergnügten sich. Die erholsame Ruhe und die Wärme am Tag regte sie und ihn so richtig an, oder es war nur die Atmosphäre und das Nichtstun am Tage, das einen Ausgleich brauchte. Sie liebten sich heftig und ausdauernd nach Strich und Faden und Arno war mehr wie einmal stolz auf sich, dreimal hintereinander „seinen Mann gestanden" zu haben – mit Pausen dazwischen natürlich. „Fast genau wie bei Agnes", schmunzelte er.

„Wie, was bei Agnes?" wollte Chipsi wissen. Ein Witz geht so: „Ein verschwiegenes Plätzchen im Wald. Agnes sitzt mit ihrem Freund auf der Bank und seufzt: ‚Ich habe meiner Mutter fest versprochen keusch zu bleiben. Jetzt habe ich dieses Versprechen dreimal gebrochen.' ‚Wieso dreimal?' ‚Na, einmal wird's doch noch gehen, oder?"

Einen speziellen besonderen Höhepunkt der sexuellen Aktivität erlebte das verliebte Ehepaar jedoch unterwegs in der freien Landschaft. Sie hatten sich für einige Tage einen Mietwagen genommen und machten individuelle Ausflüge. So eine Ausfahrt brachte sie auch in den Nationalpark Las Cañadas del Teide, in den beeindruckenden, riesigen Vulkankessel mit bizarren Felsformationen wie den „Fingerzeig Gottes" und wilde, zerklüftete Flächen in buntesten Farben mit leuchtendem Gestein.

Der Park zählt angeblich zu den größten Naturwundern der Welt und kann problemlos mit Autos durchfahren werden. Nach Stunden erreichten sie die Talstation der Bergseilbahn und sie fuhren mit ihr hoch zum Gipfel. Nach dem - wegen der dünnen Luft in der Höhe - mühsamem Aufstieg der letzten hundert Höhenmeter zum höchsten

Punkt auf 3718 Meter des Pico del Teide erwartete „die Bergsteiger" ein unvergleichliches Panorama mit atemberaubendem 360°-Panoramablick über die Insel, die weiß umschäumte Küstenlandschaft und zu den im Dunst erkennbaren Nachbarinseln. Sie standen ergriffen auf dem höchsten Berg des spanischen Staatsgebietes und dritthöchsten Inselvulkan der Welt.

„Das muss man sich erst bewusst machen. Bisher war ich erst auf einem der höchsten Berge eines Landes und das ist die nur 2962 Meter hohe Zugspitze", bemerkte Arno und Chipsi gab ihm Recht:

„Das ist wirklich ein besonderer und denkwürdiger Augenblick", scherzte er. „Ja. dass wir das in unserem Alter noch erleben dürfen."

Etwas verwundert waren sie zu sehen, dass der Gipfelbereich von Angehörigen der Guardia Civil besetzt war und die dort wachten. Auf die Nachfrage wurde ihnen erklärt, dass in den Jahrzehnten zuvor zu viele Steine mit Schwefelkristallen mitgenommen worden sind.

„Wenn das so weitergegangen wäre, wäre der Berg irgendwann abgetragen", sagte man schmunzelnd. Bei dem Massenandrang wunderte das nicht. Wie sie später erfuhren, ist die Anzahl der Personen, die täglich auf den Gipfel dürfen, inzwischen sogar kontingentiert. Wer sich nicht rechtzeitig angemeldet hat, darf nur noch bis zur Gipfelstation der Seilbahn. Das ist aber nicht unbedingt ein Mangel, denn die Aussicht ist auch von da atemberaubend und die Höhe macht auch so vielen mehr als gedacht zu schaffen.

Einen kleinen und unerwarteten Nachteil hatte es auch für Arno und Christel auf fast 4000 Meter zu stehen. Das war nicht nur die Kühle im Vergleich zur Küste. Das machte deutlich etwas aus und zum Glück hatten sie eine Jacke dabei. Die Christel klagte aber auch über „arges Scheddlweh" (Kopfschmerzen); sie verspürte nachteilig die Höhe.

„In wenigen Stunden von Null auf 4000 Meter, das muss der Körper erst verkraften können", gab sich Arno klug. Allzu lange dehnten sie deshalb den Aufenthalt auf dem markanten Vulkanberg nicht aus. Nach einer Viertelstunde Rundumsicht strebten sie wieder der

Seilbahnstation zu und schwebten nach einer kurzen Wartezeit mit der nächsten Kabine nach unten.

Wieder im Auto hielten sie dann in westliche Richtung und ließen es gemütlich angehen. Sie hatten viel Zeit und hielten öfters einmal an, besahen und bestaunten die beeindruckende Landschaft und imposanten Gesteinsformationen. Dann tauchte rechts ein sonnendurchflutetes Pinienwäldchen auf. Dort konnte Christel ihre Lust nicht mehr zurückhalten und ihre Finger griffen während der Fahrt in Arnos Hose.

„Das ist Nötigung, was du da machst, du wilde Maus. Ich kann mich kaum noch auf die Straße konzentrieren", protestierte Arno, was sich anhörte wie: „Komm, mach weiter!"

„Tiger, such ein passendes Plätzchen und halte an", drängte Chipsi, „ich brauch dich ganz dringend."

Zum Glück waren in diesem einsamen bewaldeten Gebiet kaum Fahrzeuge unterwegs und er fuhr eh schon langsam. Eine Weile schäkerten sie noch verliebt miteinander, dann lenkte Arno an einer günstigen Stelle das Auto in eine Bucht am Straßenrand und parkte. Hand in Hand eilten sie ein Stück in das mit mächtigen Felsbrocken durchzogene Wäldchen, bis sie sicher waren, dort nicht gesehen zu werden. Hastig zog Christel ihr Höschen aus und erledigte sich ihrer wenigen, leichten Kleidung. Dann warfen sie sich in den Sand und auf das weiche Piniennadelpolster. Die Sonne warf leichte Schatten durch das Geäst. Im romantischen Gelände liebten sich heiß und ausgiebig. Die würzige Luft und der feine Sand schienen ungeahnte Kräfte mobilisiert zu haben. Christel schrie laut vor Lust bei jedem Orgasmus und krallte sich in den Rücken von Arno. Weit und breit konnte es niemand hören und kein Mensch störte die wild sich Liebenden und Stöhnenden.

„Mit dir vergesse ich alles, ich schwebe wie auf Wolke sieben", hörte Tiger seine Chipsi glücklich flüstern und sie lutschte zärtlich an seinem Ohrläppchen

Hinterher lagen sie erschöpft noch eine halbe Stunde im warmen Sand, ruhten sich aus und genossen einfach die Augenblicke der

Stille, die allenfalls von ein paar zwitschernden Kanarienvögeln unterbrochen wurde, die in den Ästen der Bäume saßen und dem Rauschen der Bäume. Noch einmal knabberte Arno an ihren zarten, vor Erregung angespannten Brüste, griff in den Schritt und Chipsi stöhnte leise auf und schnurrte sanft wie eine Katze. Nach einer Weile rafften sie die Kleider zusammen, klopften sich den Sand vom Körper, gingen eng umschlungen zum Auto und fuhren nach Norden und über Santa Cruz zurück. Zum verspäteten Mittagessen verließen sie bei Candelaria die Autobahn und suchten in der größeren Stadt ein passendes Restaurant, in das sie dann beschwingt einkehrten.

Erst zwei Stunden später waren sie im Hotelzimmer zurück und noch bevor sie duschten, wiederholten sie ein weiteres Mal das Liebesspiel und Arno genoss es sehr, nach dem ausgiebigen Akt im Wäldchen diesmal ungewöhnlich lange zu können. Erst nahm er Chipsi zärtlich atergo (von hinten) und ergriff dabei mit beiden Händen ihre prallen Brüste, was ihr besonderes Vergnügen bereitete.

„Du bist mein wilder Tiger, meine Wonne, komm, mach weiter, mach weiter, lass mich zu den Sternen fliegen!"

Dann legte er sie in die altgewohnte Stellung face-to-face und sie verharrten so eine Weile ohne Bewegungen, körperlich völlig eins und ineinander verschmolzen, dabei küssten und bissen sich zart und genossen das innige Zusammensein.

Ihre gepflegt-manikürten Fingernägel hatten schon deutliche Spuren auf seinem Rücken hinterlassen.

„Du bist mein Leben, mein Glück", hörte Arno seine Frau flüstern und er gab ihr die Komplimente zurück.

Danach war es aber wirklich Zeit zu duschen und sie kühlten ausgiebig ihre erhitzten Körper, damit sie nicht errötet im Restaurant ankamen. Es war höchste Zeit geworden, damit sie überhaupt noch ein Abendessen zu bekamen.

Weitere Tagesausflüge unterbrachen das Faulenzen am Strand und brachten willkommene Abwechslung und sie erweiterten zudem den Wissenshorizont. Unter anderem besuchten sie den westlichsten Punkt der Insel, kamen dabei zuvor an der beeindruckenden Felsenbarriere Los Gigantes vorbei. Hinterher befuhren sie das wildromantische Mascatal, das als „schönstes Tal" der Welt bezeichnet wird. Sie besahen alte pittoreske Dörfchen im Nordwesten entlang der Küste, wobei sie auch den uralten Drachenbaum von Icod - ein imposantes Naturdenkmal – in Augenschein nahmen, der mit zu den vielgepriesenen Sehenswürdigkeiten der Insel zählt. Den Ursprung für den Tourismus der Insel, die Stadt Puerto de la Cruz und das Orotavatal, wo einst Humboldt schon weilte, mussten sie auch gesehen haben, wie weitere Highlights, die die größte Insel der Kanaren seinen Gästen bietet.

Da waren drei Wochen nicht viel und der Urlaub war wie im Flug vergangen, zumindest ist es ihnen so vorgekommen. Doch gut erholt, braungebrannt und zufrieden kehrten sie nach Hause und tauchten in den rauen Alltag wieder ein.

„Das waren tolle nachgeholte Flitterwochen für uns. An diese Tage werden wir uns zeitlebens erinnern und noch unseren Kindern und Enkelkinder davon erzählen", resümierte Chipsi auf dem Heimflug. Wie es wirklich kommen würde, konnten sie beide zu diesem Zeitpunkt nicht wissen; sie konnten es nicht einmal erahnen. Das Schicksal kann schließlich durchaus seltsame Wege einschlagen.

Blick zum Pico del Teide und unten auf Puerto de la Cruz

3
Ein Sohn wird geboren

Sechs Wochen später hatte sie längst der ganz normale Wahnsinn des Alltags wieder eingenommen. Die tägliche Routine wurde nur durch die kleinen Freuden am Abend und an den Wochenenden etwas unterbrochen oder gewürzt. Eines Tages kam Arno an einem Wochentag spät gegen 20 Uhr von er Arbeit nach Hause. Seine Frau empfing ihn ungewöhnlich herzlich, küsste ihn und wirkte ein wenig aufgekratzt. Im Esszimmer sah er den Tisch schön gedeckt und aus der Küche duftete es verführerisch.

„Ja, was ist heute denn los, habe ich etwas vergessen; einen Geburtstag oder sonst etwas?, wollte Arno verwundert wissen.

„Nein, hör'e mol zu, ich habe eine tolle Überraschung für dich. Komm setz dich", bat Chipsi und gab ihrem Mann nochmals schnell einen Kuss. Dann brachte sie erst einmal das Essen auf den Tisch.

„Was isch, was gibts? Ich habe einen Bärenhunger. Das Mittagessen hatte heute wieder ausfallen müssen", drängte Arno.

„Unser Urlaub ist nicht ohne Folgen geblieben", lüftete sie beim Essen das Geheimnis:

„Ich bin schwanger", verriet sie stolz.

Das Ereignis hatte tiefe Freude bei ihr ausgelöst und auch Arno war glücklich. Der sich angekündigte Nachwuchs war durchaus in ihrem Sinne. Sie hatten sich nie intensiv mit dem Thema auseinandergesetzt aber als selbstverständlich vorgesehen, und nun freuten sie sich beide darauf. Das sollte ein neuer Höhepunkt in ihrer Beziehung werden und sie hatten auch nicht vor, dass es ein Einzelkind bleiben soll. „Zwei Kinder - möglichst ein Junge und ein Mädchen - das wäre ganz schön und unser Glück, das wollten wir gerne haben", waren sie sich einige, das war der gemeinsame Wunsch.

Die Wochen und Monate der Schwangerschaft verliefen im Grunde ohne nennenswerte Komplikationen, nur die üblichen Beschwerden, die jede Frau in dieser Phase durchmachen muss und dazu die vielen notwendigen Untersuchen, die zeitlich auch bewältigt sein wollten. Die werdenden Eltern bereiteten sich bestmöglich auf das Ereignis vor - nicht nur mental oder Christel mit empfohlenen Schwangerschaftsübungen - nein, sie kauften gemeinsam mit den beiden Großeltern die erforderliche Ausrüstung ein. Dazu hörten ein Babybettchen, ein Kinderwagen und weitere Ausrüstungsgegenstände für das Kinderzimmer. Alles stand dort schließlich für den Tag X bereit. Jeder hatte sich in irgendeiner Weise mit einem Beitrag beteiligt. Den beiden Großeltern war die Vorfreude auf das Enkelkind ebenfalls anzumerken.

„Endlich werden wir Großeltern, des isch e rundi Sach'", hörte man, „d'r Arno wird Babbe (Vater)."

Mitte Dezember war es an einem kalten, diesigen Wintertag endlich soweit. Nachdem erste Anzeichen von Wehen sich zeigten, fuhr Arno seine Frau schleunigst in das Städtische Klinikum in Karlsruhe. Dort brachte Christel vier Stunden später einen gesunden Jungen zur Welt und Arno war im Kreißsaal dabei. Ihm war das sehr wichtig, die Geburt mitzuerleben und seine Frau durch seine Anwesenheit mit Körperkontakt nach besten Kräften zu unterstützen. Doch er kollabierte im entscheidenden Augenblick und musste gleichzeitig mitversorgt werden. Kurzum, er ist einfach glatt in Ohnmacht gefallen. Wieder bei Sinnen war es ihm das sehr peinlich, er schämte sich und ärgerte sich über seine Schwäche.

„Grämen sie sich nicht, das passiert nicht so selten", tröstete ihn der Arzt. „Niemand kann etwas dafür und es ist auch keine Schande. Da spielt einfach das vegetative Nervensystem einen Streich. Deshalb wäre es uns in der Ärzteschaft viel lieber, die Väter wollten bei der Geburt ihrer Kinder nicht anwesend sein, denn es muss immer damit gerechnet werden, dass man sich um die auch noch kümmern muss. Nur leider ist es aber seit Jahren ein Trend geworden, dass die Väter der Geburt beiwohnen wollten, oder die Schwangeren wünschen das unbedingt."

Glücklich legte Christel ihren Sohn eng an sich und sagte: „Isch's nit e sueß Bobbele?" (ist es nicht ein süßer Bub). Arno war wieder voll auf den Beinen und gab ihr Recht. Dazu drückte er ihr einen langen, innigen Kuss auf die noch etwas schweißfeuchte Stirn. Zwei Stunden später waren die mit Hancy verständigten beiden Großelternpaare auch schon angekommen. Sie konnten nicht genug bekommen, ihren Enkel vielen Worten und Anerkennungen zu bewundern. Doch der Neugeborene bekam von all dem nichts mehr mit. Er war schon selig an der Brust seiner Mutter eingeschlafen. Nach der Erstversorgung durch die Hebamme hatte Chipsi ihren Sohn sich an die Brust gelegt und ihm seine erste Mahlzeit gegeben. Etwas mitgenommen und von der Geburt gezeichnet, war er beim ersten Stillen schon bald seelenruhig eingeschlafen und jetzt nuckelte er im Schlaf zufrieden am Schnuller. Vorsichtig legte ihn die betreuende Schwester in sein bereitstehendes Bettchen zurück.

Tags darauf beim Besuch überbrachte Arno einen großen Strauß roter Rosen und überreichte ihn mit einem Kuss, drückte seine Frau und dankte ihr für das Geschenk eines Stammhalters.

Vier Tage später durfte Christel mit dem Baby die Geburtsstation der Klinik verlassen und nach Hause gehen. Wieder war es Arno, der Frau und Sohn mit dem Auto von der Klinik abholte. Zu Hause war schon alles vorbereitet. Für das Baby stand ein Kinderbettchen bereit. Selbstverständlich war im Haus von Anfang an ein Kinderzimmer schon vorgesehen, in den ersten Wochen wollte Christel aber „ihr Bobbele" lieber in ihrer Nähe haben und somit hatte Arno das Kinderbett ins Schlafzimmer gestellt, wo es vorerst stehen blieb.

Die Großeltern waren glücklich und erfreuten sich an dem hübschen Jungen: „Der Schönste überhaupt." Wenn sie kamen, schleppten sie schon das eine und andere Spielzeug herbei.

„Das wird ja einmal gut werden", unkte Christel, wenn der jetzt schon so sehr verwöhnt wird. „Bringt bloß nicht schon ein Fahrrad an oder Schlittschuhe", scherzte sie weiter. Beide Großelternpaare hatten zudem jeweils schon ein Sparkonto bei der örtlichen Sparkasse eingerichtet und bereits ein nettes Sümmchen einbezahlt. Monatlich sollten fortan per Dauerauftrag weitere 50 Mark dazu kommen. Das sollte später für den Jungen der Grundstock für den Führerschein und möglichst auch ein Auto sein.

Noch etwas sehr Wichtiges hatte Arno unverzüglich in die Wege geleitet. Er meldete im katholischen Kindergarten St. Franziskus seinen Sohn an, damit dieser mit drei Jahren auch sicher einen Kindergartenplatz bekommen sollte.

Vier Wochen nach der Geburt wurde das Kind in der katholischen Kirche auf den Namen Kevin Christian getauft. Christels Freundin Susanne und auch Hans, ein Freund von Arno, standen als Paten bereit. Bei der Taufzeremonie protestierte der Kleine heftig und lauthals über die Sitte, ihm an einem kalten Januartag Wasser über den Kopf zu schütten. Hinterher kommentierte dies der Pfarrer salopp so:

„Euer Bub ist bei kräftiger Stimme, der wird bestimmt einmal ein Sänger werden!"

Zur Taufe richteten die Großeltern ein Familienfest aus und luden die Verwandtschaft zum Mittagessen ins Restaurant am See ein. Hinterher gab es Kaffee und Kuchen. Zum etwas außerhalb des Ortes befindlichen Restaurant konnten alle bequem mit dem Auto fahren, für die Gäste standen dort ausreichend kostenfreie Parkplätze zu Verfügung. So etwas ist heute nicht unwichtig, um Gäste in die Lokalität zu locken.

Für alle wurde es ein opulentes, fröhliches Fest und viele Geschenke wurden aus diesem Anlass überreicht. Ein ansehnlicher Geldbetrag kam ebenfalls wieder zusammen und wurde hinterher auf das Sparbuch einbezahlt.

Weniger schön wurde für die jungen Eltern etwas anderes. Der Bub entwickelte einen ungewöhnlich guten Appetit und - wie er schon in der Kirche bei der Taufe gezeigt hat - besaß er eine kräftige Stimme. Wenn er Hunger hatte und nicht sofort gestillt wurde, dann konnte er laut werden, sehr laut, dann schrie er aus Leibeskräften Zeder und Mordio - und der Zwuggl hatte immerzu Hunger.

Im ersten Lebensjahr des Jungen wurde es für Arno und Christel deshalb häufig unruhig in der Nacht. Mehrfach musste sich eines der

Elternteile um das Kind kümmern. Dabei fühlte sich Arno dabei mehr belastet, denn er musste tagsüber hochkonzentriert seinem anspruchsvollen Job nachgehen. Deshalb musste er eigentlich durchgeschlafen können. Seine Frau hatte in den ersten Wochen Mutterschaftsurlaub und arbeitete danach anfangs nur in Teilzeit.

Ihre Mutter, die Oma Maria, hatte sich bereit erklärt, während der Arbeitszeit den Enkel zu sich zu nehmen und zu betreuen und das klappte sehr gut. Für Christel war es ein Ausgleich vom Mutterstress und der ihr wichtige Kontakt zu den Arbeitskolleginnen war lag ihr sehr am Herzen. Insofern durfte man meinen, alles wäre bestens und in Ordnung und geht seinen Weg.

4

Erste dunkle Wolken ziehen auf

Womit niemand gerechnet hatte oder rechnen konnte, und was bei dem bisher harmonischen Zusammensein des Ehepaares auch nicht erwartet wurde, waren massive depressive Störungen, die sich bei Christel Wochen nach der Geburt einstellten:

„Eine postnatalen Depression", wie man von Seiten der Fachärzte bei ihr diagnostizierte.

„Dieser medizinische Befund tritt bei Frauen nach einer Geburt öfters auf", beschwichtigte die Frauenärztin und verschrieb ein Medikament.

Leider half das aber nicht oder es zeigte zu wenig Wirkung. Im Gegenteil, die Symptome verschlimmerten sich von Woche zu Woche. Der Hausarzt wusste nicht weiter und überwies Christel nach Monaten zu einem Psychologen. Außerdem war sie vorerst arbeitsunfähig geschrieben.

Der ungute Zustand dauerte schon Monate an und Arno fühlte sich durch die Doppelbelastung ziemlich überfordert, wurde immer gereizter und manchmal ungerecht in seinen Äußerungen. So kannte ihn Chipsi nicht und reagierte auch nicht immer klug. Sie stillte den Buben zwar nach wie vor, aber vernachlässigte den Haushalt und so musste Arno sich auch weitgehend hier auch um alles kümmern, soweit die Schwiegermutter oder Mutter nicht einspringen konnte. Seine Freizeit reichte so schon kaum noch aus. In besonders schlimmen Phasen nahm er zwangsläufig einen oder mehrere Tage Urlaub.

Zu seinen bevorzugten Aktivitäten, längere Wanderungen auf und über die Höhen, sowie Langstrecken mit dem Montenbike, kam er in dieser zeitlichen Phase nur noch selten und über Wochen überhaupt nicht und das vermisste er sehr. Doch auch sonst war kaum an die üblichen Auszeiten zu denken, was ihm Ablenkung gebracht hätte, wenn man davon absieht, dass man ihn öfters den Kinderwagen durch die Gegend schieben sah, während seine Frau apathisch zu Hause auf der Couch lag oder einfach im Bett liegen geblieben ist und jegliche Lebensfreude vermissen ließ.

Der Psychologe hatte ihr - neben den verschriebenen Medikamenten - geraten, sich viel im Freien zu bewegen und Sport zu treiben.

„Gehen sie in ein Fitnessstudio oder zumindest drei Mal in der Woche ins Hallenbad zum Schwimmen", empfahl er immer wieder:

„Sport lenkt sie ab und schafft ein inneres Gleichgewicht". Doch zu allem konnte sie sich in dieser Lage nicht aufraffen. Sie fühlte sich wie in Watte, völlig kraftlos, ohne jegliche Energie und Antrieb. Alles war ihr zuwider und wegen jeder Kleinigkeit wurde sie reizbar und streitsüchtig. Der Himmel hing sozusagen permanent voll schwarzer Wolken.

An solchen Tagen - und das waren viele - an denen es Christel nicht gut ging und sie richtig in den Seilen hing, war es auch nichts mit dem üblichen Bedürfnis nach Sex. Danach hatte Christel überhaupt kein Verlangen und machte sich deshalb heftigste Vorwürfe.

„Ich tauge nicht mehr für dich, ich bin nur noch eine Last für dich", jammerte sie heulend. Aber wenn sie weinte, konnte Arno das gar nicht ertragen, das verletzte sein Inneres, das ging ihm gegen den Strich und dabei wusste er, das war eigentlich nicht ihre Art und Natur. Anfangs versuchte er dabei noch zu beschwichtigen und ihr Mut zu geben:

„Komm, Chipsi, das wird schon wieder, du wirst wieder gesund, das ist nur eine vorübergehende körperlich Unpässlichkeit, eine Störung!" Da lag er falsch und bald merkte er: Reden hilft nichts, es verschlimmerte eher das Befinden seiner Frau. Optimistisch hegte er bei allem dennoch für sich und seine Frau die größte Hoffnung, dieser ungute Zustand möge bald vorüber sein und es würde wieder alles so werden wie zuvor.

Während dieser für die junge Familie belastende Zustand forderte das Baby die volle Aufmerksamkeit. Der Bub wollte, dass man mit ihm spielte und wenn seine Eltern nicht darauf eingingen, machte er seinen Unmut mit lautem Geplärr deutlich. Wenn sie sich nicht zu helfen wussten, dann brachte man ihn für ein paar Stunden zu den Großeltern, danach war wieder eine Weile gut.

Vorerst zeigte sich ihr Zusammenleben nüchtern, das war kein Vergleich mehr zum vertrauten Verliebtsein in den Jahren vor der Geburt. Das wurmte Arno noch mehr, wie er sich zugestehen wollte. Er vermisste die Leidenschaft und Bereitschaft seiner Frau. Mit dieser Situation konnte er keinesfalls gut umgehen. Das war etwas völlig Neues und manchmal schlich sich der ungute Gedanken bei ihm ein, seine Frau simuliere nur.

„Nun hat sie ihr Kind und das genügt ihr", ging ihm durch den Kopf. Noch versuchte er immer wieder solche negativen Gedanken zu verdrängen. Dafür kümmerte er sich umso mehr um seinen Sohn, der inzwischen herumkrabbelte, oft getragen werden wollte und versorgt sein musste.

Nach über einem halben Jahr war der Gesundheitszustand leider immer noch nicht besser geworden, deshalb riet der Hausarzt zu einer Reha-Maßnahme und stellte bei der DAK-Krankenkasse einen entsprechenden Antrag. Der Antrag ging durch und nach der Bewilligung trat Christel im Herbst die Behandlung in der Reha-Klinik Glotterbad im Glottertal an.

Interessant war, was anfangs weder Christel noch Arno wussten, diese Klinik diente zeitweise als Kulisse für die legendäre Fernsehserie „Schwarzwaldklinik", wo ab 1984 insgesamt 73 Folgen gedreht wurden, eine Serie mit Dr. Brinkmann, die längst Kultstatus erreicht hatte.

Was der Fernsehzuschauer aber nicht sehen konnte, die eigentlichen Aufnahmen wurden überwiegend im Studio in Baden-Baden gemacht und die Außenaufnahmen außerdem an den verschiedensten Orten des Schwarzwaldes gedreht. Da wurden sämtliche sehenswerten oder geschichtsträchtigen Regionen wild durcheinandergemischt und auf einen Ort fixiert. Täglich karrten die Busse Heerscharen an neugierigen Fans herbei, die alle die Klinik sehen wollten und am liebsten auch noch unter jedes Bett schauen. Wer will da daran zweifeln, dass im Zuge der Dreharbeiten für die an Depressionen erkrankten Patienten kaum Ruhe und Erholung zu finden war. Vielleicht war der Betrieb in dieser Zeit aber auch eingestellt?

Doch das war längst zur Geschichte geworden. Nur die Erinnerungen an diese Episoden der Serie sind geblieben, wenngleich immer noch hin und wieder Touristen vorbeikamen und nach der „Schwarzwaldklinik" forschten und Fragen stellten. Jetzt erfüllt die Klinik aber längst wieder ihren eigentlichen Zweck.

Der historische Hintergrund spielte für die Erkrankte keine Rolle. Es ist nicht einmal sicher, ob sie sich die Bedeutung der Klinik in der Fernsehgeschichte überhaupt bewusst war. Vor Antritt der Reha hatte sie das Stillen ihres Kindes eingestellt und Kevin an den Schoppen gewöhnt. Während der Abwesenheit der Mutter nahm Arno erst Urlaub und zusätzlich, wie auch anschließend, versorgte seine Mutter Renate den Enkel. Sie blieb in dieser Zeit beim Sohn im Haus, um immer für beide da zu sein. Das machte die etwas Sache einfacher und nebenbei konnte sie sich um die Wäsche und den Haushalt kümmern.

Schon acht Wochen weilte Christel in der Klinik und eine wesentliche Besserung war nicht zu erkennen. In den ersten 4 Wochen waren Besuche durch Angehörige nicht erwünscht, deshalb beschränkte sich der Kontakt zum Mann und den Angehörigen auf die täglichen Telefonate. Dann durfte Arno an den Wochenenden seine Frau besuchen. Um ihr Abwechslung zu verschaffen, bummelten sie mal Arm in Arm durch den Ort und gingen hinterher in ein Café, um Kaffee und Kuchen zu genießen. Oder sie fuhren mit dem Auto auf den Kandel bei Waldkirch oder mit der Seilbahn von Freiburg aus auf den Schauinsland, den Freiburger Hausberg. Auf beiden Bergkuppen konnten sie auf der waldfreien Höhe auf flachen Wegen spazieren und ungestört reden zu können. Oben auf den Hochflächen verlaufen bequeme Wege zum gemütlichen Wandern und, wenn das Wetter mitspielte, hatten sie eine atemberaubende Fernsicht über die Höhen und ins Rheintal, hinüber zum Vogesenkamm oder sie sahen im Süden die Alpen. Natürlich gab es dabei immer viel zu berichten; besonders interessierte Christel was ihr Kind macht.

Erst beim dritten Besuch hatte Arno auch Kevin mitgebracht, damit der nicht ganz den Bezug zur Mutter verlor. Sie freute sich riesig, herzte und drückte ihren Bobbele - und der wusste gar nicht was ihm geschieht. Wollte er gar fremdeln? Es sah fast so aus. Seine Miene signalisierte: „Gleich weine ich!" Mit ihm konnten sie gemeinsam natürlich nicht sehr viel unternehmen und sie beschränkten sich darauf, auf ebenen, schönen Wegen im Ort zu spazieren, auf denen man den Kinderwagen ohne große Mühe schieben konnte.

Mehrmals in der Woche standen Gruppentherapien durch eine Psychologin auf dem Plan, die aber Christel nur noch mehr verwirrten und unsicher machten. Die Sitzungen in der Gruppe zeigten ihr zwar, dass es vielen anderen ähnlich wie ihr ergeht, brachte sie aber nicht weiter und das Graben in Details ihrer Vergangenheit war ihr peinlich. Posttraumatische Erinnerungsstörungen und was man sonst als Ursachen für ihre Depression suchte, das war ihr zu intim, das ging ihr gegen den Strich und da mauerte sie - schon unbewusst. Natürlich stellte man das fest und bemängelte es.

„Es fehle ihnen an der Bereitschaft zur Kooperation" und so weiter. Sie war aber nicht bereit, darin sich zu ändern - oder konnte es vom Naturell her nicht.

„Mein Innerstes geht niemand etwas an, sonst ginge ich in die Kirche und würde beichten", erwiderte sie einmal genervt auf entsprechende Vorhaltungen. Einzig die sportliche Betätigung taten ihr gut, das brachte Abwechslung und stärkten wieder ihre körperliche Fitness und da beteiligte sie sich auch engagiert. Nach langen 12 Wochen wurde die Reha-Maßnahme beendet, ohne dass man sagen konnte, es wäre eine dauerhafte Besserung eingetreten oder nüchtern gesehen, es hatte alles keine Besserung gebracht.

Die behandelnden Ärzte rieten dringend die Therapien zu Hause fortzusetzen und sie sollte bestimmte Medikamente weiter regelmäßig einnehmen. Als notwendig erachtet wurde - begleitet von einem

Psychotherapeuten - die fortlaufende Beobachtung empfohlen. Entsprechende Hinweise gaben bei der Entlassung im Scheiben an den Hausarzt mit.

Nach den vielen Wochen der aufgezwungenen Abwesenheit war sie endlich wieder zu Hause. Sehr groß war ihre Sehnsucht nach dem Kind, das sie nur sporadisch gesehen hatte und das sich anfänglich zu ihr distanziert verhielt. Doch das war in diesem Kindesalter völlig normal. Jetzt galt es wieder sich so gut es ging um Kevin, den Mann und Haushalt zu kümmern. Die Arbeit nahm sie noch nicht auf, stand aber mit dem Chef in regelmäßiger Verbindung, der den Arbeitsplatz seiner langjährigen Verkäuferin freigehalten hatte. Dafür war sie ihm sehr dankbar und sagte ihm das auch.

Jetzt war Christel wieder zuhause und das verschaffte Arno mehr Freiraum. Häufig wanderte er nun wieder einmal über längere Strecken und öfters rund um die Michaelskapelle zwischen Untergrombach und Bruchsal. Es soll ein Kraftort sein; zumindest blickt sie auf eine lange Geschichte zurück. Der Berg am Westrand des Kraichgaus ist in der archäologischen Fachwelt gut bekannt und namensgebend für eine jungsteinzeitliche Kultur, deren Spuren hier 1884 mit dem Fund von zahlreichen Keramikscherben zum ersten Mal geborgen und dokumentiert wurden. Spätere Ausgrabungen brachten einen Befestigungsgraben mit zwei Durchlässen zum Vorschein. Das waren deutliche Hinweise, dass hier eine frühe keltische Siedlung bestand. Erste urkundliche Erwähnungen der Kapelle gehen bis in das späte Mittelalter (14 Jh.) zurück. Das war aber weniger entscheiden, worum es ihn häufig dorthin zog. Mehr war es die grandiose Sicht ins Rheintal und hinüber in die Pfalz. Und im Café einkehren konnte er auch, wenn er Lust darauf hatte. Sonst war er aber auch in anderen Gebieten allein zu Fuß oder mit dem Fahrrad unterwegs, oder gelegentlich fuhr er in Begleitung ins Murgtal. Dort kannte zahlreiche Wege auf den Höhen oberhalb der Murg und zu bekannten Aussichtspunkten. Die Wege führten ihn unter anderem zur Teufelsmühle, zum Hohlohsee, dem Baden-Badener Hausberg Merkur und wenn es ging, kehrte er im Waldgasthaus Nachtigall ein. Selbst mit dem Mountainbike legte er größere Distanzen zurück.

In der Ehe war es immer noch nicht mehr so wie vorher. Die Wochen und Monate hatten Spuren hinterlassen. Wohl bemühte sich Christel sichtbar ihrem Mann eine gute Frau zu sein und mehrmals in der Woche hatten sie auch wieder Sex, aber es fehlte die Leidenschaft, das gewisse Etwas. Für sie war es nicht mehr das, wie es vor der Schwangerschaft war und das spürte natürlich auch Arno. So machte es ihm keinen Spaß mehr; er wurde zunehmend missmutiger. Das ging so weit, dass er, wenn er sich gedanklich hineinsteigerte, versagte und nicht konnte. Das wurmte ihn noch mehr, als er zugab, für Viagra hielt er sich aber doch zu jung.

Auf Grund seiner Attraktivität und Ausstrahlung hatte er andererseits bei den Frauen genug Chancen; er war bekannt und beliebt. Da waren nicht wenige, die gerne mit ihm ein Abenteuer gesucht hätten, vornehmlich junge Frauen aus dem Kreis, die mit ihm bei Bergtouren unterwegs waren oder die er von den Wanderungen her kannte. Die eine und andere suchte sogar offen seine Nähe und machte ihm Avancen. So blieb nicht aus, dass er - entgegen seiner früheren Gewohnheit - öfters sich umgarnen ließ und schließlich auch in einem fremden Bett landete oder anderweitige wahrnahm. Er suchte, nachdem er wieder auf den Geschmack gekommen war, bald sogar gezielt da und dort ein Techtelmechtel, um sich mit einer ihm gewogenen Frau einzulassen. Da war er wieder der Mann; das gab ihm den inneren Ausgleich für das, was ihm zu Hause entging, so rechtfertigte er sich zumindest und hatte k ein schlechtes Gewissen dabei.

Zunehmend gefielen ihm die erotischen Abenteuer immer mehr, er fand die Situationen prickelnd. Das war Abwechslung und es tat ihm gut, die gesuchte Anerkennung bei den Frauen zu finden. Damit kam sein Selbstbewusstsein zurück oder sein inneres Gleichgewicht - wie man will - pendelte sich ein.

Große Freude bereitete andererseits den Kochs die Entwicklung ihres Sohnes. Der zeigte sich als gnitzes (pfiffig) Kerlchen. Mit noch nicht einmal einem Jahr konnte er schon laufen und bald hörte man ihn die ersten Worte sprechen: „Opa" war das Erste, dann „Auto, Mama, Oma" und erst etwas später sagte er auch „Papa". Der kleine

Kevin erwies sich zudem als gewitzter Bengel. Natürlich litt er unter den üblichen Kinderkrankheiten und er wehrte sich vehement gegen alle notwendigen Impfungen und da dies nichts half, quittierte er den Zwang mit lautem Geheul. Wenn er wütend heulte, konnte er wirklich sehr laut werden und manchmal artete das in nerviges Trotz- und Zorngeheul aus. Dann gab es auch schon einmal ein Machtwort des Vaters. Die Mutter dagegen kümmerte es nicht; sie ließ ihn rasen und toben, bis er von allein genug hatte oder vom Schreien ermüdet einschlief.

Während der Bub das Laufen lernte und später beim ausgelassenen Toben und Spiel, holte er sich manche Beule und Schramme. Da gab es schon kurz ein lautes Weinen, dann war wieder alles gut, dank seiner Robustheit. Ansonsten gab es nichts Außergewöhnliches aus dem ersten Lebensjahr zu nennen.

Zum Höhepunkt für Kevin wurde sein erster Geburtstag. Den haben die Großeltern mit ihm wie ein Staatsereignis mit allem Pipapo gefeiert. Bei diesem und den weiteren Geburtstagen freute sich der Kleine immer riesig. Er durfte der wichtige Mittelpunkt sein und erst recht waren ihm die Geschenke willkommen, die er von allen Seiten bekam.

„Noch ein Geschenk!", frohlockte er dann, wenn er ein weiteres Päckchen aufreißen und auspacken durfte. Neben Süßigkeiten und allerlei Spielsachen gab es stets auch diverse Geldscheine, die er mit den kleinen, noch ungeschickten Händen in die Sparbüchse stopfte. Das klappte später, nachdem er älter geworden war, dann wesentlich besser und er erwies sich dabei schon als echter Geldfuchs.

Weil die Mutter häufig nicht belastbar genug war, hing alles, was mit dieser kindlichen Entwicklung und dem, was sie begleitete, so gut es ging beim Vater. Die beiden Großelternpaare - und hauptsächlich Christels Eltern - halfen dabei sehr und unterstützten ihn, wo es ging. Das war notwendig und wichtig:

„Was würde ich machen, wenn du nicht wärst", sagte er immer wieder dankbar zu seiner Schwiegermutter Maria. Natürlich dankte er auch seiner eigenen Mutter, die ebenfalls regelmäßig ins Haus kam und gerne manchmal zur Seite stand. Er war wirklich von

Herzen froh, dass beide Omas immer Zeit für den Enkel hatten, und zusätzlich in manchem auch für ihn da waren, damit er nicht zu oft Urlaub nehmen musste.

Die nächste Station in der Entwicklung wurde der Kindergarten, in den er mit 3 Jahren gehen durfte. Dass ihr Sohn nun in den Kindergarten konnte, das brachte stundenweise ein weiteres Stück Entlastung und dem Kind bereitete das eine unbändige Freude:

„Ich bin schon groß, ich gehe jetzt in den Kindergarten", jubelte er und sagte er überall, wo sich eine Gelegenheit dazu fand. Morgens konnte er es kaum erwarten in die Füchsle-Gruppe zu dürfen, der er zugeteilt war und wo er mit Peter, Sven und Ben - der eigentlich Benjamin hieß - seine drei besten Freunde gefunden hatte.

Meistens brachte ihn Oma Maria in den Kindergarten und holte ihn dort wieder ab. Hinterher konnte er bei ihr zu Hause bleiben, bis ihn die Mutter oder der Vater nach der Arbeit in Empfang nahmen. In der Zeit dazwischen ging die Oma mit ihrem Enkel in die Stadt und er bekam ein Eis spendiert. Manchmal suchten sie einen Spielplatz auf. Sein Plappermäulchen stand dabei nie still, wenn er mit seiner Oma unterwegs sein durfte; da war er ein richtiger Babbler (Schwätzer), aber auch sehr aufmerksam und voll Interesse für alles, was er sah. Gell Oma, gell Oma, so ging es in einem fort. Entsprechend traktierte er die Oma mit tausend Fragen, auf die sie nur nicht immer eine Antwort wusste. Sie nahm es gelassen und meinte:

„Das geht wohl allen Omas so."

Sowohl im Kindergarten als auch bei der Oma war Kevin gut aufgehoben und das verschaffte Christel etwas mehr Freiraum. Seit einem Jahr arbeitete sie wieder - zuerst nur halbtags oder tageweise – doch inzwischen sogar wieder in Vollzeit acht Stunden am Tag.

„Am Arbeitsplatz geht es mir besser, da fühle ich mich wohler als zuhause", sagte sie ihren Freundinnen. Die Arbeit musste sie nur bei immer wieder auftretenden Phasen mit starker Depression unterbrechen, die mit diffusen Ängsten verbunden waren. In dieser Zeit war sie nicht in der Lage sich unter Menschen zu begeben. Der Arzt schrieb sie dann ohne weiteres auch regelmäßig krank. Sowohl der

Hausarzt als auch der Psychotherapeut, der sich seit Christels Aufenthalt vor knapp zwei Jahren im Glotterbad, in der Weiterbehandlung um sie kümmerte, bemühten sich seit Monaten um eine erneute Reha-Maßnahme.

Die Ehe war nicht mehr das, wie es einmal war und für Christel genau genommen nur noch eine Belastung; es funktionierte einfach nichts mehr so wie früher. Vorbei war bei Christel die Bereitschaft und das Verlangen nach häufigem, innigem Sex. Nicht nur, dass es im Bett nicht mehr stimmte - oft ging inzwischen eine Woche lang gar nichts mehr. Auch sonst fehlte es an der ursprünglich trauten Zweisamkeit, dem harmonischen, liebe- oder respektvollen Umgang miteinander. Das wirkte sich aus bis hin zu den Gesprächen. Schnell kippte eine Diskussion in Streit um und anschließend folgte ein tagelanges Schweigen. Das Verliebtsein, die körperliche Vertrautheit, alles war weg oder einfach anders, flacher, nüchterner geworden.

Mit ursächlich war, Arno konnte mit der Krankheit seiner Frau überhaupt nicht mehr umgehen und akzeptierte sie auch nicht. Immer wieder überschüttete er seine Frau mit Vorwürfen, was die Sache nicht besserte, sondern genau genommen Gift war. Das drückte Christel seelisch noch tiefer und aus Lust wurde schlussendlich Frust und Abneigung. Er warf ihr vor, sich in die Krankheit zu flüchten und ein anderes Mal maulte er:

„Du bist zu schwach und lässt dich einfach hängen. Vermutlich hast du mich nur geheiratet, damit du versorgt bist oder eine andere mich nicht bekommt". Sowas kränkte Christel zutiefst. Kaum hatte er das auch ausgesprochen, tat es ihm auch schon leid und er entschuldigte sich. Nur, ein gesprochenes böses Wort lässt sich nicht mehr zurückholen, das gräbt sich wie Säure in die Seele ein. Wieder kam es zu heftigen verbalen Auseinandersetzungen und am Ende verließ Arno - wie schon so oft in der Vergangenheit in ähnlichen Situationen - genervt die Wohnung und ging damit weiteren Diskussionen aus dem Wege. Er fand keine Argumente mehr, ohne verletzend zu werden - und das wollte er im Grunde nicht; Streit war ihm von Natur aus im Herzen zutiefst zuwider, er liebte mehr die Harmonie, Ausgeglichenheit und wollte seinen Frieden.

„Du drückst dich nur wieder vor einer Aussprache mit mir. Wenn du mich schon beleidigst oder mit Worten erniedrigst, dann steh wenigstens dazu", giftete ihm Christel hinterher.

Ziellos streifte er nach solchen verbalen Auseinandersetzungen durch die Stadt oder stieg zum Wartturm hoch und landete später im „Altes Rathaus", im „El Bandido" oder einem anderen der netten Lokale im Biergarten. Wenn er nicht Freunde und Bekannte traf, die ihn ablenkten, trank er missmutig ein oder zwei Glas Weizenbier, bis es Zeit wurde - ob es ihm gefiel oder nicht - sein Heim anzusteuern und dort wortlos vor dem Fernseher zu sitzen. Wenn es spät geworden war, und das kaum auch oft vor, ging er direkt gleich ins Bett.

Seit längerem war Arno wieder häufiger bei Wandertouren unterwegs und er hatte im letzten Jahr auch an einer Mehrtagestour in den Allgäuer Berge teilgenommen. Von Berchtesgaden war er mit anderen zum Watzmannhaus aufgestiegen und ein anderes Mal brachte sie das Schiff nach Sankt Bartholomä am Königssee und vom Anlieger aus durch die Saugass weiter zum Funtensee. Im Kärlingerhaus haben sie übernachtet und sind anderentags weiter im steinigen Gelände über die Trischübelpass zum Naturfreundehaus im Wimbachgries gegangen. Beide Tage waren zwar sehr schweißtreiben, aber doch auch abwechslungsreich. Nach einer weiteren Übernachtung führte sie der bequeme Weg das Wimbachgries hinaus am Wasserfall vorbei nach Ramsau und von dort kamen sie an den Ausgangspunkt zurück. In diesen Tagen war er ganz bei sich und vergaß zeitweise, was ihn im Alltag so sehr belastete. Mit den Teilnehmern konnte über „Gott und die Welt" diskutieren, das lenkte ab, da waren seine Probleme endlos weit weg.

„Das ist das Geheimnis in den Bergen. Der Körper ist in jeder Minute mit vielfältigsten Eindrücken befasst und trotz manchmal bis an die Grenzen gehender Belastung in steilen Aufstiegen werden Geist und Sinne frei", sagte ihm einmal einer, der es wissen musste und dieser hatte schon 8000er bestiegen.

Noch eine Übernachtung im Hotel, dann war auch das schon wieder Geschichte. Dies war ihm jedoch ein Ersatz für den Jahresurlaub, den sie gemeinsam wegen der Probleme seiner Frau nicht machen konnten. Die übrigen Urlaubstage musste er zu Hause verbringen und er machte von da aus manche Aktivität zu Fuß, per Rad oder mit dem Auto. Wenn er mit dem Auto unterwegs sein wollte, dann nahm er manchmal auch seinen Buben mit und sie gestalteten gemeinsam einen netten Tag miteinander und Kevin gefiel das außerordentlich.

Von seinen vielen Wanderungen und Radtouren kannte sich Arno nicht nur im Kraichgau zwischen Bruchsal und Maulbronn bestens aus, sondern auch in und um Karlsruhe, im Murgtal, ebenso weiter südlich in der Ortenau. Das Dahner Felsenland war ihm vertraut wie seine Westentasche und nicht weniger die Elsässer Seite. In diesen Regionen war ihm so gut wie jeder Weg und Steg bekannt. Seit einiger Zeit wurde er öfters von weiblicher Gesellschaft begleitet, wovon anfangs seine Frau nichts wusste oder wissen sollte. Auf Dauer ließ sich das jedoch nicht verheimlichen, dafür kannte Christel zu viele Leute. Sie hatte ihren guten Freundeskreis - auch wenn dieser in den letzten Jahren wegen ihrer Krankheit merklich geschrumpft war - und im Kaufhaus hatte sie auch zu vielen Menschen, die sie gut kannte Kontakt. Aus diesem Kreis wurde ihr bald hinter vorgehaltener Hand manches Geheimnis zugesteckt. Es kam, wie es kommen musste, Eifersucht stieg in ihr auf und sie machte zu Hause ihrem Mann eine unschöne Szene. Wieder hing dann tagelang der Haussegen schief.

„Ich kann dein wehleidiges Getue nicht mehr ertragen! Da muss ich einfach raus und bei den Wanderungen trifft man nun einmal zwangsläufig auf Menschen; Männer wie Frauen. Da geht man - das solltest du eigentlich wissen - unkompliziert und kameradschaftlich miteinander um, da ist man locker!"

Das beruhigte Christel keineswegs. Sie kannte schließlich seine Wirkung auf Frauen, konnte es aber auch nicht verhindern oder wusste nicht, was sie dagegen unternehmen sollte. Seine neu gewonnene Freiheit in den Freizeitaktivitäten ließ Arno sich jetzt jedenfalls nicht mehr nehmen.

Wie wenn das allein nicht schon ausgereicht hätte, die Psyche von Arno stark zu strapazieren, hatte er auch am Arbeitsplatz in diesen Monaten eine außergewöhnlich stressige Zeit. Das Milleniumsjahr machte der IT-Abteilung unglaublich viel zusätzliche Arbeit. Ursprünglich war es bei den Computer-Programmen nicht vorgesehen, bei den Jahreszahlen in vier Stellen zu rechnen. Die Medien malten wahre Horrorszenarien an die Wand:

„Die Stromversorgung, die ganze Infrastruktur würde zusammenbrechen" und so weiter. Geschehen ist allerdings nichts - dank der guten Vorbereitung im Hintergrund. Das fiel zusammen mit der Einführung des Euro. Zum Januar 1999 wurde schon rechnerisch die neue Währung Euro eingeführt. Anfangs wurde noch neben der Mark zusätzlich alles in der neuen Währung abgebildet. Die Rechenzentren mussten sich darauf einstellen und das brachte für die Programmierer und Systembetreuer jede Menge zeitraubender Arbeit und Überstunden mit sich, verbunden mit vielen Reisen und häufigen Besuche bei der Klientel. Bei diesem Umtrieb reichte auch ein kleines Bier am Abend in einer Kneipe in Karlsruhe nicht mehr aus, etwas herunterzukommen, das Hamsterrad zu verlassen.

„Ich glaube der Wahnsinn greift immer mehr um sich und frisst seine Kinder", klagte er einmal im Kreis seiner Kollegen voller Frust.

Dann sollte ab Januar 2002 auch noch das Bargeld umgestellt werden. Nunmehr war der Euro im Geldbeutel der Bevölkerung angekommen und ein offizielles Zahlungsmittel. Wieder bedeutete das für die Programmierer Überstunden und nahm viel Zeit für Besprechungen im Team in Anspruch und da wurde endlos im Kreis geredet, anstatt einmal auf den Punkt zu kommen.

„Wie ich diese Babbelrunden hasse, ich habe lauter Wichtigtuer und Selbstdarsteller um mich. Wo soll das noch hinführen? Wenn das so weiter geht, halte ich das bis zur Rente nicht mehr durch, eher ende ich in der Klapsmühle oder auf dem Sofa wie meine Frau."

Dementsprechend angespannt und manchmal äußerst gereizt kam Arno in dieser bewegten Zeit spät abends nach Hause. Kevin, der Sohn, wurde zwar nach wie vor gut und hauptsächlich von der Oma Maria, wie auch von den anderen Großeltern umsorgt, betreut und betüttelt; gelegentlich übernachtete er sogar bei ihnen und war so auf Tage außer Haus. Wenn der Vater aber zu Hause weilte, dann suchte der Junge seine Aufmerksamkeit, dann wollte er mit ihm spielen, kuscheln und erwartete Aktion. Bei all dem konnte Arno nicht auch noch seiner Frau genügend Aufmerksamkeit schenken - und er bemühte sich auch gar nicht darum.

Ein Highlight für den Jungen wurde eines der Weihnachtsfeste, da ging für ihn ein bescheidener Traum in Erfüllung. Die Großeltern Koch schenkten ihm ein schickes, nigelnagelneues Fahrrad. Schon seit einem Jahr konnte er Rad fahren und seitdem besuchte er seine Freunde mit dem geliebten Kinder-Fahrrad, das er schon besaß. Nun war er aber gewachsen und das, was er Weihnachten bekommen hat, entsprach seiner jetzigen Körpergröße, es war moderner und mit 28 Gängen.

Sonst, wenn er nicht mit dem Fahrrad unterwegs war, sondern sich bei der Oma oder den anderen Großeltern aufhielt, dann spielte er mit dem Gameboy und da war er kaum davor zu trennen. „Speichen und sichern", wurde zum geflügelten Wort, das ihn ermahnte, wenn er zum Essen oder anderen Dingen das Spiel unterbrechen sollte. Dazu wünschte er sich immer die neuesten und die anspruchsvollsten Programme.

„Wenn du 6 Jahre alt bist", hatte ihm der Vater versprochen, „bekommt du deinen eigenen Computer". Bisher hatte er einen ausgedienten seines Vaters und schon jetzt gute Übung mit dem Ding. Erstaunlicherweise entdeckte er immer neue Möglichkeiten, mit denen er sich stundenlang beschäftigte und dann allen stolz davon berichtete, was er herausgefunden hatte.

„Bisch halt e'Käpsele", lobte der Vater mit Stolz in der Stimme. „Wenn du einmal ein gutes Abitur machst und dann IT studierst, wirst du garantiert sehr erfolgreich werden und viel Geld verdienten", prophezeite er seinem Filius.

Seit Christel die erste Kurmaßnahme bewilligt worden war, sind schon vergangen und nun hat der Hausarzt wieder eine Maßnahme für sie beantragt und das wurde bewilligt. Diesmal sollte die Psychosomatische Klinik in Zell am Harmersbach helfen. Mit zwiespältigen

Gefühlen fuhr Christel dort hin und sie traf auf eine kleinere Klinik, die sofort eine heimelige Atmosphäre auf sie ausstrahlte und die auch landschaftlich sehr schön am Stadtrand und waldfreien Hang lag. Das pittoreske Städtchen mit sehenswertem historischem Stadtkern bot zudem hervorragende Möglichkeiten zum Bummeln und hinterher zur Einkehr in einem Café oder kleinen Lokal an der Hauptstraße. Nur in den ersten Tagen machte sie noch keinen Gebrauch davon und blieb lieber im Haus. Sie wollte sich erst klimatisieren und von zu Hause Abstand gewinnen.

Ursprünglich waren drei Wochen für diese Maßnahme geplant und bewilligt worden, das wurde dann aber auf sechs Wochen verlängert. In dieser Zeit kümmerten sich die Omas Maria und Renate wiederum abwechselnd um ihren Enkel. Die Mutter fehlte ihm offensichtlich überhaupt nicht, nur abends musste sich der Vater noch etwas mehr seinem Sohn widmen. Nebenbei konnte es Kevin auch kaum erwarten, dass er in die Schule darf. Zum nächsten Schuljahresbeginn sollte das so weit sein - und geistig reif genug war er längst.

Während seine Frau in der Reha weilte und der Sohn sich bei einer der Omas befand und gut aufgehoben fühlte, traute sich Arno mehrmals zwischendurch seine Wanderfreundin Ingrid zu sich nach Hause mitzunehmen, wo sie sich ungestört vergnügten. Die junge Frau war blond, hatte lange, schlanke Beine und erwies sich als sportlicher Typ.

„Dein knackiger Bobbes (Po) ist 'ne Wucht", schwärmte er verzückt und zeigte sich so als den Kenner. Beide genossen das körperliche Zusammensein und Arno hatte keinerlei Gewissensbisse dabei.

„Was mir meine Frau nicht bieten kann, muss ich mir anderweitig holen; ich bin schließlich ein Mann", redete er sich ein.

Das ging drei Wochen gut, dann aber - wie der Teufel es will - kam gerade sein Schwiegervater Robert Frank mit dem Fahrrad angefahren, genau zu dem Zeitpunkt als Arno mit seiner Geliebten aus dem Haus kam. Stotternd stellte Arno die Frau als Wanderkameradin vor, mit der er eine Tour besprochen habe. Instinktiv war er sich aber sofort bewusst, dass dies keine gute Begegnung war. Zu offensichtlich war das Misstrauen seinem Schwiegervater anzumerken. Die Situation verlief zwar vorläufig im Sand, aber Arno war sich im Klaren:

„Da muss ich zukünftig vorsichtiger sein".

Am nächsten Samstagmorgen fuhr er nach Zell und besuchte seine Frau. Er befuhr die Autobahn bis Offenburg und dann kam auf der B 33 nach Biberach und endlich nach Zell. Im Zeller Ortsteil Unterharmersbach lag die Klinik am leichten Hang. Es war ihm vorgekommen, als hätte er eine Weltreise dorthin machen müssen. Doch egal, er hatte ohne Mühe das Haus gefunden und konnte mit Christel ins Städle gehen und in einem Café eine Stunde sitzen. Die Übernachtung wurde ihm in einer kleinen Pension in der Nachbarschaft zur Klinik angeboten, die mit dem Haus kooperierte, und das Frühstück nahm er mit seiner Frau direkt in der Klinik ein. Das alles war gut organisiert und erwies sich als rechts praktisch.

Nachmittags fuhren sie gemeinsam nach Haslach, damit seine Frau noch etwas anderes zu sehen bekam. In dem alten Städtchen im Kinzigtal bummelten sie erst durch die Altstadt, wanderten dann Richtung Mühlenbach zum Waldsee auf der halben Strecke. Dort am See bietet ein Gasthaus eine schattige Gartenterrasse, wo sie einen freien Platz fanden. Sie bestellten sich für jeden ein Kännchen Kaffee und eine Schwarzwälder Torte. Währenddessen wurden alltägliche und auch notwendige Dinge besprochen und Arno wollte wissen:

„Wie geht es mit den Behandlungen; macht es Fortschritte?" Christel berichtete ihm über die lästigen Gruppengespräche unter der Moderation eines Therapeuten. Eigentlich hat alles aber bisher nichts gebracht.

„Ich fühle mich jeden Morgen wie tot und ich habe weder Kraft noch Antrieb. Am liebsten würde ich den ganzen Tag im Bett bleiben."

„Was meinen denn die Therapeuten zu den psychischen Auffälligkeiten?"

„Ach, die reden sich nur heraus, ohne konkret zu werden und sagen, jeder Fall sei anders gelagert und deshalb exakte Prognosen so schwierig. Man rät mir selbstbewusster und gelassener zu werden, mich selbst nicht so sehr unter Druck zu setzen. Ich soll unerreichbare

Wunschziele im Leben beiseitelegen und noch mehr solcher Allgemeinratschläge." Nachdenklich fügte sie an:

„Das bringt mich nicht weiter und hilft mir nicht. Ich komme immer mehr zu dem Entschluss, eine Behandlung in einer Privatklinik wäre besser. Dies würde mir wahrscheinlich mehr helfen. Private Therapien müsste ich allerdings aus der eigenen Tasche bezahlen und das käme teuer. Sie werden von Zuschüssen der Krankenkasse nicht im Ansatz gedeckt."

Das alles, was sie offen berichtete, vernahm Arno mit gemischten Gefühlen und er befürchtete nicht zu Unrecht, das wächst sich zu einer Dauerbaustelle aus.

„Will ich das so lange noch mitmachen?", war dabei sein Hintergedanke, ohne dass er das offen aussprach.

„Wäre es nicht besser mich zu trennen?" Erstmals kamen ihm Zweifel am Bestand seiner Ehe. Dann verwarf er sofort den Gedanken, wohl wissend, dass ihn eine Trennung teuer, viel zu teuer zu stehen käme.

„Kommt Zeit, kommt Rat, gugge mol, wie's sich auswächst."

5
Kevin kommt in die Schule

Inzwischen dümpelte die Ehe der Kochs schon einige Jahre mehr schlecht als recht dahin. Wohl bemühten sich beide immer wieder vernünftig miteinander umzugehen und auszukommen. Die Eltern und Schwiegereltern taten ihr Teil dazu bei und versuchten stabilisierend einzuwirken. Mal waren Christel und Arno bei den einen, mal bei den anderen zum Essen eingeladen oder alle saßen sie an vielen Sonntagen nachmittags bei Kaffee und Kuchen zusammen. Das taten die Großeltern natürlich auch aus dem Grunde, den Enkel um sich zu haben. Die Gespräche im größeren Kreis sollten zur Entspannung beitragen. Alle versuchten in diesen Stunden locker miteinander umzugehen und gute Atmosphäre zu verschaffen. Zu Geburtstagen und anderen festlichen Anlässen trafen sich sowieso regelmäßig alle in diesem Kreis, wie auch mit weiteren Mitgliedern der großen Verwandtschaft. Das Freude, Freude, Eierkuchen war aber nur eine oberflächliche Tünche und im rauen Alltag zeigte sich schnell wieder das wahre Gesicht, die nackte Wirklichkeit.

Unabhängig davon pflegten sowohl Arno und auch die Christel ihre eigenen Freundschaften; er aber besonders seine Liebschaften zu anderen Frauen und an erster Stelle zum „blonden Gift" Ingrid, seiner Favoritin. Diese wusste natürlich um Arnos Probleme und wie es um seine Ehe stand. Dass ihr Geliebter verheiratet ist, störte sie keineswegs; vielleicht machte es das sogar noch eine Spur interessanter. Wichtiger war ihr ungebunden zu sein und trotzdem Abwechslung und großen Spaß zu haben. „Man lebt nur einmal, war ihre Devise" und da wollte sie vom großen Kuchen ein schönes Stück abhaben.

Nach Ende der letzten Kur trat bei Christel wieder ein wenig Normalität ein und sie nahm vier Wochen später im G'schäft, wie man rund um Karlsruhe zur Arbeitsstelle sagt, die Arbeit wieder auf. In der Ehe lief es so „lala." Leider war inzwischen das Verhältnis von Arno zu seinen Schwiegereltern und besonders zu Robert Frank, seinem Schwiegervater, nicht mehr so, wie es wünschenswert gewesen wäre.

„Weiß man da mehr oder ahnt man etwas, hat meine Frau negativ über mich geplaudert? Gibt man vielleicht mir die Schuld für die Krankheit ihrer Tochter?" Arno stellte sich oft diese Fragen, war sich nicht ganz im Klaren, spürte aber intuitiv die im Raum stehenden Spannungen.

„Vielleicht haben Eltern ein natürlich untrügliches Gespür dafür, wenn bei ihren Kindern etwas nicht stimmt", mutmaßte er manchmal. Doch um das zu verändern hätte er sich umstellen müssen und daran hatte er kein Interesse; warum auch. Genau genommen sah er die Ursachen vieler Probleme nicht einmal bei sich, sondern einzig und allein bei seiner Frau.

Nicht nur das eingeschränkte sexuelle Bedürfnis von ihr, das ganz und gar nicht mehr mit dem vergleichbar war, wie es in den ersten Jahren oder im ersten Jahr nach der Eheschließung war, machte Arno zu schaffen. Etwas anderes kam hinzu und das fiel bei ihm fast noch schwerer ins Gewicht und beeinträchtigte seine Gefühle und Empfindungen für seine Frau.

Zur Behandlung oder Dämpfung der Depressionen musste sie seit Jahren Medikamente einnehmen und das ging ihr auf die Figur. Sie hatte an Gewicht merklich zugenommen; war inzwischen ziemlich rundlich geworden. Von barocken Formen war da nicht mehr zu reden. Nichts war mehr von der schönen, fraulichen wohlgeformten Figur zu erkennen, mit der Arno seine Frau kennenlernte und wie er sie liebte. Jetzt entsprach sie so gar nicht mehr seinem ästhetischen Empfinden.

„Warum lässt du dich so gehen oder futterst allewhat aus Frust oder Langeweile viel zu viel in dich hinein?", warf er ihr gehässig an den Kopf, wenn sie wieder einmal miteinander im Clinch lagen und ihm verbal der Gaul durchging. Danach tat es ihm wieder Leid, was er gesagt hatte.

„Warum soll ich mich aber mit meiner Meinung einschränken und hinterm Berg halten, ich sage, was ich denke", rechtfertigte er sich dann vor sich selbst.

Er, der Frauentyp und inzwischen mit grauen Schläfen, kam beim anderen Geschlecht gut an, besser sogar als noch ein paar Jahre zuvor. Dazu war sportlich und gerade die sportlichen Aktivitäten setzten Hormone frei, die seine Libido steigerten. Somit litt er zweifach unter dem Manko; einmal dem Äußeren seiner Frau und andererseits ihrer Zurückhaltung im Bett, die er so nicht gewohnt war und nicht hinnehmen wollte.

Um aus der Misere etwas die Spannung zu nehmen, hatten sie sich schließlich zu einem 14-tägigen Urlaub in Südtirol entschlossen.

„Vielleicht trägt das dazu bei, dass wir uns wieder besser verstehen und wenn wir uns zusammen mehr bewegen, reduziert das vielleicht auch das Gewicht, bei ihr", hoffte er insgeheim, denn die Hoffnung hatte er trotz allem noch nicht aufgegeben.

Über das Internet fand Arno ein gutes Hotel in der Nähe von Bozen, das sich in den Sommermonaten ausgesprochen preiswert anbot. Mit der Wahl für den „Magdalener Hof" [5]) lagen sie goldrichtig. Es zeigte sich als freundliches, komfortables 3-Sterne-Haus, lag etwas außerhalb vom historischen Stadtkern entfernt. Dafür gab es keine Parkplatzprobleme und in die Stadtmitte der Landeshauptstadt Südtirols kamen sie zu Fuß oder mit dem Linienbus. Wenn sie mit dem Bus fahren wollte, gab es im Haus sogar verbilligte Tickets.

In der Stadt erwartet die Besucher eine sehenswerte Altstadt, urige, beschauliche Gässchen, ein quirliger Platz mit monumentalem Denkmal, das an Walther von der Voge weide erinnert, dem berühmtesten Sohn Südtirols. Ringsum fanden sich viele einladende Geschäfte. Abends, wenn es nicht mehr so heiß war, luden die Gassen im Zentrum zum gemütlichen Bummel ein. Hier gab es Souvenirs, Kunstartikel zu kaufen, bis hin zu Obst aus der Region und es fand

---

[5]) https://www.magdalenerhof.it/

sich immer ein Platz in einem der Straßencafés, wo Eis zu haben war - und Arno liebte eine große Portion Eis.

Auf die Höhe zum Hochplateau Ritten schwebten sie mit der Rittner Seilbahn und von oben eröffnete sich ihnen nicht nur eine traumhafte Aussicht auf die grandiose umgebende Berglandschaft und fruchtbare Ebene im Tal, sie konnten dort bequem wandern und es fanden sich mehrere Einkehrmöglichkeiten. Während diversen Rundfahrt mit dem eigenen Auto kamen sie an den Kalterer See, besuchten und besichtigten Meran, machten eine Tagesfahrt über einige der berühmten 21 Pässe der Dolomiten, wie das Grödner Joch, Sella Joch, Pordoi und andere. Lästig zeigten sich nur die vielen, waghalsigen Motorradfahrer und die Horden an wilden, um nicht zu sagen: lebensmüden Fahrradfahrer, die sich die Serpentinen hoch quälten und auf der anderen Seite, mit dem Oberkörper über dem Lenkrad liegend, dem Tal zu preschten. Dafür belohnten andererseits die atemberaubenden Aussichten in dieser traumhaften Gebirgslandschaft, die sich alle Tage im schönsten Sonnenschein und Licht zeigte. Das wirkte sich bei beiden wohltuend auf die Psyche aus und schaffte Erholung pur.

Auf den ersten Blick gesehen hatten sie im sonnigen Süden entspannte Tage und man vertrug sich. Christel schien das auch ganz gut zu tun und Arno schöpfte ein wenig Hoffnung auf zukünftig harmonischere Tage in der Ehe.

Überaus große Freude bereitete den Eltern ihr Sohn. Kevin war ein echtes Käppsele (fixer Bursche), robust und unter Gleichaltrigen durchaus dominierend; manchmal gab er sich auch ein wenig altklug. „Ein typisches Einzelkind" eben, wurde manchmal von anderen festgestellt. Schon mit fünf Jahren konnte er fehlerfrei seinen Namen und einige Worte schreiben, zählte bis hundert und war in der Lage Zahlen zu lesen. Dann kam der Tag der Einschulung. Zuletzt hatte er diesen Augenblick fast nicht mehr erwarten können und fieberte regelrecht dem Tag entgegen.

„Jetzt komme ich in die Schule", erzählte er überall und jedem. Natürlich wurde das denkwürdige Ereignis innerhalb der Familien zu einem Event zelebriert. Seine Eltern begleiteten ihn an diesem wichtigen Tag in seinem Leben, und selbstverständlich die Großeltern Frank und Koch auch. Stolz trug Kevin seine gut gefüllte Schultüte im Arm ins Klassenzimmer und nahm den zugewiesenen Platz ein.

„Ich bin Erstklässler", ließ er zuvor alle in der Nachbarschaft wissen; mit hörbarem Stolz in der Stimme, wenn sie jemand auf der Straße begegnet sind. Auf seinem Rücken trug er einen modischen Schulranzen, den ihm Oma und Opa Koch gekauft hatten und den er sich selbst im Kaufhaus hatte auswählen dürfen. Bunte Stifte, Spitzer, Lineal gehörten im gut bestückten Mäppchen selbstverständlich mit dazu.

Die Einschulungszeremonie dauerte volle zwei Stunden, wobei die Begrüßung mit Liedvortrag und Beiträgen der 2. Klasse eingeleitet wurden, dem Worte des Schulleiters folgten. Dann verließen die Eltern und Großeltern das Klassenzimmer und nahmen an vorbereiteten Tischen im Foyer Platz, wo Kaffee und Kuchen bereitstanden. Eine Stunde später kamen die „Erstklässler" wieder dazu. Der erste Schultag war beendet, alle konnten nach Hause gehen. Die Eltern von Arno hatten zu sich eingeladen und ein Mittagessen vorbereitet. Gemeinsam wollte man das denkwürdige Ereignis noch etwas nachklingen lassen. Mittendrin saß Kevin, die Hauptperson des Tages und war stolz wie „Bolle". Seine Freude auf die Schule war nicht zu übersehen und alle unkten schmunzelnd und vielleicht aus eigener Erfahrung:

„Ob das die nächsten Jahre so auch anhalten wird?"

Das familiäre Treffen war nebenbei ein willkommener Anlass Neuigkeiten auszutauschen, aufgekommene Probleme zu diskutieren und die Dissonanzen - die natürlich den jeweiligen Eltern und der Verwandtschaft weiter Sorge bereiteten - anzusprechen. Und man konnte es sich leider nicht verkneifen offen oder verdeckt gutgemeinte Ratschläge zu erteilen. Schon bald hatte Arno einen „dicken Hals", wollte aber kein Öl ins Feuer gießen und ertrug die ständige ungewollte, ihm peinliche Einmischung in seine Eheprobleme.

Begeistert ging Kevin von nun an täglich in die Schule und besonders Fräulein Gabi, seine Klassenlehrerin, hatte es ihm angetan. Schon um 6 Uhr stand er freiwillig auf, und ohne das sonst übliche

Gezeter. Noch konnte er es kaum erwarten aus dem Haus zu dürfen. Das war aber noch zu früh und sein Vater bestand auf einem ordentlichen Frühstück. Erst danach brachte Arno seinen Sohn zur Schule und fuhr anschließend weiter in sein G'schäft in Karlsruhe.

Nach Schulschluss holte Oma Maria den Enkel von der Schule ab und bei ihr zu Hause bekam er ein gutes Mittagessen. Sie ging dabei auf seine Wünsche ein und häufig gab es Spagetti mit roter Soße und Hackfleisch oder manchmal auch Omelette, mal mit Kompott oder anderen Beilagen. Danach erledigte der Bub die Schularbeiten. War dies getan, nahm ihn die Oma häufig zu einem Stadtbummel mit oder sie machten einen Ausflug in der Umgebung. Waren sie in der Stadt, gehörte der Besuch in einem Geschäft dazu - am liebsten ein solches, wo es Spielsachen zu beschauen und kaufen gab - und er durfte sich dabei etwas aussuchen.

Gelegentlich wurde er auch von der Oma Renate von der Schule abgeholt und da sprang ebenfalls immer etwas für ihn heraus. Da blieb nicht aus, dass Kevin sich wohl fühlte und nichts vermisste. Von beiden Großeltern wurde er nach Strich und Faden verwöhnt und entsprechend gerne verweilte er bei ihnen.

„Waisch, ihr sin nit so ibberzwerch wie si dohaim sin", (Ihr streitet nicht wie meine Eltern manchmal bei uns zu Hause) verriet er den Omas.

Abends, wenn die Mutter von der Arbeit zurück und zu Hause war, brachte die Oma oder gelegentlich auch einer der Opas den Buben nach Hause und dann hatte der endlos viel zu erzählen. Sein Plappermäulchen wollte nicht mehr stille stehen, derweil Christel lieber Ruhe gehabt hätte - oder sie nach dem langen, harten Tag auch gebraucht hätte.

„So wird es sicher aber allen Müttern gehen", tröstete sie sich und hoffte, dass dies, wenn der Bengel erst einmal größer ist, anders werden würde.

Bis Arno zu Hause eintraf dauerte es üblicherweise wesentlich länger. Dabei hatte das nicht immer etwas mit Arbeitsüberlastung zu tun; nein, ganz und gar nicht, denn häufig verbrachte er noch zwei Stunden oder länger bei einer seiner Liebschaften, wozu nach wie vor

Ingrid zählte - und die wohnte günstig direkt an seinem Heimweg gelegen.

Seit Kevin in die Schule ging, mussten sich die Eltern bei der Urlaubsplanung nach den Ferien ihres Sohnes richten. Im Jahr darauf fuhren sie aus diesem Grunde erstmals an die Ostsee, wo sie eine schöne Ferienwohnung in Binz gefunden und gebucht hatten. Sie hatten Glück, das Wetter zeigte sich auch diesmal blendend. Nur an einem einzigen Tag gab es Regen und auch ein kurzes Gewitter zog einmal vorüber, sonst herrschte auf der Insel in der Ostseeneitel Sonnenschein. Die Temperaturen empfanden sie nicht so heiß und schwül, wie es im Süden oftmals im August der Fall ist.

Die Familie nutzte nicht nur den gepflegten Ostseestrand von Binz. Die Stadt ist das größte Seebad von Rügen und hat auch sonst allerhand zu bieten. Sie hatten sich sogar den Luxus gegönnt und für die Urlaubstage zu einem stolzen Preis einen Strandkorb gemietet. Das machte den Aufenthalt am Strand bequemer und schützte vor Sonne und Wind. In den Tagen haben sie mehrere Ausflüge an sehenswerte Plätze der Insel unternommen, so zum Kap Arkona oder auf die kleine Nachbarinsel, das Eiland Hiddensee. Diese Insel ist nur mit dem Schiff zu erreichen; eine kurze und kurzweilige Überfahrt. Und da wo einst der Dichter Gerhart Hauptmann, wo Thomas Mann, berühmte Kunstmaler und Künstler weilten, liefen Arno und Kevin auf sandigem Pfad durch Buschwerk und Trockenrasen zum Leuchtturm Dornbusch, während Christel lieber im schmucken Dörfchen Vitte blieb und die Ruhe der Umgebung einsaugte. Der Ort ist autofrei und das Klappern der Pferdehufe wirkte beruhigend wie Musik. Liebevoll restaurierte und gepflegte Häuser erfreuen das Auge des Betrachters. Sie durchstreifte eine Weile den Ort, schaute da und schaute dort in die kleinen Geschäfte hinein und suchte schließlich ein gemütliches Café und wartete dort auf die Rückkehr der Männer. Wo sie verweilte, hatte sie ihnen mit dem Hardy mitgeteilt; verfehlt haben sie sich also nicht. Später in gemeinsamer Runde philosophierte Chipsi:

„Es ist erstaunlich, wie einige Tage Ruhe die Sinne sensibilisieren und man Dinge entdeckt, an denen ich sonst ohne Beachtung vorbeilaufe und auch neue Gerüche nehme ich wahr."

Die Urlaubstage sind erstaunlich harmonisch verlaufen, ganz ohne die häufigen Streitereien und endlosen Diskussionen, wie es zu Hause leider oft der Fall war. Vielleicht hing das mit der Abwechslung, der Luftveränderung oder was auch immer zusammen. Möglicherweise hatten beide nach der Rückkehr vom Strand oder Ausflügen zu Sehenswürdigkeiten, wenn sie von einer Inselrundfahrt zurück waren, keine Lust mehr zum Streiten; einfach, weil die würzige Seeluft müde und hungrig machte. Ferne passte es auch nicht sonderlich, in einer Gaststätte oder einem guten Restaurant beim Essen sich zu zoffen.

Gemeinsam machten Vater und Sohn jährlich mindestens einen speziellen Ausflug in einen der bekannten Vergnügungsparks im Südwesten. Die Mutter nahm in der Regel nicht daran teil und das war durchaus so gewollt. Es sollte ein Vater-Sohn-Vergnügen sein. Sie besuchten den Holiday-Park [6] in Haßloch. Dafür lag die Pfalz zum Wohnort quasi gegenüber. Geduldig stellte sich Kevin an allen für ihn interessanten und gut frequentierten Attraktionen in die lange Reihe der Besucher an. Das nächste Mal gingen sie nach Tripsdrill und da nicht nur in den Erlebnispark [7], sondern auch den Wildpark - und der Filius war begeistert.

Im Technik-Museum Speyer und Sinsheim waren sie selbstverständlich auch schon jeweils an einem langen Tag und immer war das für Kevin hochinteressant. Besonders die alten Autos faszinierten ihn. Für Autos interessierte er sich fast so sehr wie für Computer - und er kannte jede Marke aus dem Effeff.

Während seine Frau in Kur weilte, war der Europa-Park in Rust einmal das Ziel für ein Tagesvergnügen. Für Kevin war das höchst spannend und entsprechend aufgekratzt gab er sich. Ein einziger Tag

---

[6]) https://de.wikipedia.org/wiki/Holiday_Park
[7]) https://tripsdrill.de/de/

reichte da eigentlich nicht aus, um auch nur annähernd alle Hauptattraktionen auszunutzen. Deshalb hatte sich Arno vorgenommen, in den nächsten Jahren, wenn sein Sohn etwas größer geworden ist, erneut hinzugehen, dann aber mit einem oder zwei Tagen Übernachtung in einem der zum Park zugehörenden Hotels. Erstens kann man dann mit der Besichtigung - dank vorzeitigem Einlass - früher beginnen und man hat in zwei Tagen mehr Zeit, in Ruhe die Attraktionen zu nutzen. Doch Kevin war auch so glücklich und zufrieden.

„Das war der schönste Tag meines Lebens", schwärmte er zu Hause bei den Großeltern, denen er natürlich in allen Details seine Eindrücke und Erlebnisse schildern musste.

Ein Erlebnis der anderen Art beschäftigte Arno Koch in diesen Tagen mehr, wie ihm eigentlich lieb war. Mit einer Begleiterin, mit der er sich - außer mit Ingrid - ebenfalls gelegentlich traf, besuchte er an einem Freitagabend eine Diskothek in Rastatt. Sie hatten einen schönen Abend verbracht und 23 Uhr war bereits vorüber, doch es war ihnen noch zu früh an einem so schönen Wochenende schon nach Hause oder in die Betten zu wollen. Gut gelaunt betraten sie eng umschlungen die weithin bekannte Kult-Diskothek, von der sie wussten, da beginnt der Tag erst so richtig nach 23 Uhr. Sich umschauend strebten sie der Bar zu und wollten Getränke bestellen, da hörte Arno ganz deutlich aus einer Gruppe Jugendlicher:

„Jetzt kommen sie schon hierher zum Sterben." Damit waren eindeutig er und seine Begleiterin gemeint - und Arno war noch keine Vierzig!

„Aber Hallo, geht jetzt der Jugendwahn schon so weit, dass man mit Ende dreißig nicht einmal mehr in eine Diskothek darf, ohne dumm angemacht zu werden?", echauffierte er sich und hätte sich am liebsten einen der „Dummschwätzer" vorgenommen.

„Komm wir gehen wieder", sagte er angefressen zur Begleiterin und sie verließen schleunigst das Lokal, in dem sie offensichtlich nicht willkommen waren.

Silhouette des Europark Rust und unten Spaß in Tripsdrill

6

Der Eklat

Seit der Reha-Behandlung in Zell am Harmersbach bekam Christel zuhause weitere Therapien durch einen örtlichen Psychologen und der hatte ihr zu Yogaübungen geraten. In diesem Zusammenhang fand sie eine Praxis, die neben dem Yoga auch Massagen bot. Einmal in der Woche trainierte sie seitdem in Yoga und anschließend ließ sie sich massieren. Das sollte Körper und Seele guttun und dazu dienen: „loslassen zu können, um die schon chronischen Beschwerden in Griff und die Tage mit weniger Reibung stemmen zu können."

Sie hatte es nach der Kur kaum erwarten können wieder arbeiten zu dürfen. Ihre Arbeitskolleginnen und das Umfeld fehlten ihr zu sehr und ihr war noch wichtiger, der Kontakt mit den Kunden lenkte sie von den Alltagssorgen ab. Andere Gesichter sehen, das tat gut! Täglich fuhr sie mit der der Straßenbahn S 3 nach Bruchsal. So war es bequemer und die lästige Parkplatzsuche entfiel. Das Parken war sowieso nicht gerade billig. Christel besaß zwar ein kleines Auto, einen Ford-KA. Wegen der Parkverhältnisse und den ständig steigenden Spritkosten war die Straßenbahn am Ende jedoch deutlich günstiger und zudem bequemer und es schonte die Nerven. Das Auto benutzte sie nur dann, wenn es mit der Straßenbahn keine Möglichkeit gab. Im Raum Karlsruhe ist das Schienennetz gut ausgebaut. Man erreicht über den KVV Bühl und Achern im Süden, die Pfalz im Westen und sogar nach Heilbronn und Freudenstadt. Sie benützte deshalb lieber auch dann die Straßenbahn, wenn sie einmal mit einer der Freundinnen etwas unternehmen oder einfach andere Tapeten sehen wollte.

Arno benützte zur Arbeitsstelle ebenfalls häufig die Straßenbahn und holte meistens nur in der Freizeit das Auto aus der Garage.

Gerne fuhr er nach wie vor mit dem Mountainbike. Inzwischen besaß er einen echten Hightech-Renner. Das teure Bike hatte er sich zwei Jahren zuvor geleistet. Die richtige Kleidung gehörte natürlich unbedingt mit dazu, denn ohne das passende Outfit geht heute kein passionierter Radler mehr auf die Piste. Geschätzt fuhr er im Schnitt mehr wie als 3000 Kilometer im Jahr durchs badische Ländle, hinüber in die Pfalz und ins Elsass oder im Kraichgau über die sogenannte Spätzlegrenze zu den Schwaben.

In Kürnbach oder einem anderen Ort an der imaginären Grenze kehrte er gerne in eine Besenwirtschaft ein und erfreute sich nicht selten an den humorvollen Käppeleien zwischen den Badenern und Schwaben. Die in Baden werden von den Schwaben herablassend „Badenzer" genannt und „Gälfüßler" (Gelbfüßler). Die Badener erzählen sich gerne folgendes:

„Warum haben die Schwaben so lange Ohren?" Antwort: „Wenn bei ihnen ein Junge auf die Welt gekommen war, wurde er an den Ohren hochgehoben und nach Westen gehalten. Lueg Bübli, do driebe muesch e mol sur di Geld vedieene." (Schau Sohn, da drüben - in Baden - musst du einmal sauer dein Geld verdienen). Die Sparsamkeit der Schwaben war allgemein ein unerschöpfliches Thema für freundliche Spötteleien. An Gesprächsstoff von Tisch zu Tisch im rustikalen Ambiente fehlte es jedenfalls nie.

Sein Auto benützte er vorwiegend dann, wenn er sich mit Ingrid oder anderen Liebschaften verabredet hatte und sie sich irgendwo ungesehen und ungestört treffen wollten. Manchmal diente es unterwegs sogar als Liebeslaube, wenn es sich gerade aus Lust und aus der prickelnden Situation heraus anbot oder an anderen Gelegenheiten mangelte. Gemeinsame Aktivitäten in freier Natur und dazu noch bei schönem Wetter regten an, das war wie ein Aphrodisiakum. Wenn er mit netter Begleitung an einen geeigneten Platz weilte und sie ihm ins Ohr hauchte:

„Komm, ich tropfe wie ein Kieslaster", wie hätte er da widerstehen sollen. Da genoss er das pralle Leben, das sich ihm bot und vergaß alles; da wollte er nur Mann sein.

Bei so einer Gelegenheit erinnerte er sich an einen Spruch, den er kurz zuvor gelesen hatte:

„Alle Lebewesen außer den Menschen wissen, dass der Hauptzweck des Lebens darin besteht, es zu genießen (Samuel Butler).

„Nein, bei mir ist das garantiert nicht der Fall", klopfte Arno sich auf die Schultern.

„Das Leben kann so schön sein, wenn es nicht in zu engen Grenzen verläuft und andere es nicht stören" - und dabei dachte er explizit auch seine Frau!

Während so einer amourösen Ausfahrt wurde Arno im Murgtal geblitzt. Das war echt dumm gelaufen. Gedankenverloren oder durch die Diskussion abgelenkt, hatte er die Geschwindigkeitsbegrenzung nicht beachtet. Dabei war er unbewusst satte 27 km/h zu schnell gefahren. Das ging nicht mehr mit einer Ordnungswidrigkeit ab. Kurz darauf flatterte ein Anhörungsbescheid ins Haus und Arno war leichtsinnig genug anzunehmen, eventuell tricksen zu können und schickte den Bogen zurück mit der Bemerkung: Er wisse nicht, wer mit dem Auto gefahren ist. Vierzehn Tage später stand eine Polizeistreife vor der Türe. Christel war allein zu Hause, öffnete die Türe und empfing die Beamten. Sie legten ihr ein Bild vor und wollten wissen:

„Ist das ihr Mann?" Natürlich war er es; deutlich erkennbar. Auf dem Bild war aber auch eine zweite Person zu sehen; eine weibliche Begleitung und das fand sie überhaupt nicht spaßig. Christel war eh schon sehr eifersüchtig und nun wurde ihr Misstrauen erst recht angestachelt. Immer wieder beschäftigte sie die Frage:

„Mit wem war da mein Mann, der Lumpenseegel da im Murgtal unterwegs und warum?"

Zuerst sagte sie nichts, hörte sich aber überall geschickt und diskret um und sie bekam in der Tat manche delikate Information zu hören, die Arno nicht im besten Licht zeigten. Im nächsten Schritt folgte sie heimlich ihrem Mann mit dem Auto und bekam mit, dass er in Durlach beschwingt und schnurstracks in ein Haus ging. Dort wohnt Ingrid Hobart, wie sie schnell herausgefunden hatte. In diesem Haus blieb er eineinhalb Stunden, während Christel draußen geduldig -

oder ungeduldig – im Auto wartete und je länger es dauerte, zunehmend stinksauer wurde. Dann traten beide eng umschlungen aus dem Haus, küssten sich, bestiegen das Auto und fuhren weg.

Da hatte Christel genug gesehen. Heiße Wut kochte in ihr hoch: „Jetzt weiß i, was der Eggepfetzer so mocht. I war doch e bleede Supp, dass i bis jetzt nix gmerkt hab." (Jetzt weiß ich, was der Herumtreiber so macht. Ich bin doch eine blöde Kuh, dass ich nichts bemerkt habe).

Erst spät in der Nacht kam Arno müde nach Hause, Christel war noch wach und empfing ihn. Nein, nicht mit dem Nudelholz, wie es oft in humorigen Karikaturen dargestellt wird. Ohne Umschweife warf sie ihm an den Kopf, dass er sie betrügt und schilderte, was sie gesehen hat und inzwischen weiß. Sie untermauerte ihre Vorwürfe mit Informationen, die ihr von verschiedenen Seiten mitfühlend und mit mitleidiger Miene zugetragen worden war - was sie anfänglich aber gar nicht glauben oder wissen wollte.

Arno war von diesem verbalen Überfall überrascht und wurde damit sozusagen auf dem linken Fuß erwischt. Fiberhaft überlegte er, was er antworten will, und versuchte es mit ein paar Ausreden. Damit ließ Christel sich aber nicht abspeisen. Stück für Stück packte sie das ganze Paket auf den Tisch, weinte, zeterte, schrie und machte ihrem Mann eine heftige Szene. Der hörte sich das alles zunehmend genervt eine Weile an. Wegen des langen Tages und der spürbaren Müdigkeit war er zu langatmigen Diskussionen physisch nicht mehr voll in der Lage und dazu auch nicht gewillt. Das war in dieser Situation nicht einmal mehr wichtig, seine Einwendungen und Rechtfertigungen kamen bei Christel innerlich gar nicht mehr an und somit zwecklos.

„Du bisch doch von de Bleede die Gscheidscht" (du bist von den Dummen die Gescheiteste), giftete er schließlich. Inzwischen hatte er nach einer halben Stunde sich genug gehört, er packte wütend nach seiner Jacke und stürmte aus dem Haus.

In der folgenden Nacht schlief er im Auto und erst gegen 7 Uhr morgens kehrte er in die Wohnung zurück. Seine Frau war da schon aus dem Hause, da sie in der Regel früher als er mit der Arbeit beginnen musste und deshalb einen früheren Zug genommen hat. So begegneten sie sich an diesem Morgen nicht - und das war gut so. Der Dampf im Kessel sollte sich erst etwas verziehen.

Erst duschte er und machte sich frisch für den Tag. Danach frühstückte noch gemütlich und richtete sich für den Weg zur Arbeit her. Um 8 Uhr verließ auch er die Wohnung und fuhr nach Karlsruhe.

7

Wie soll es weitergehen?

Der Vorfall blieb keineswegs geheim. Bald wussten es die Eltern und Schwiegereltern. Gerade der Schwiegervater nutzte die Gelegenheit, dem Schwiegersohn gehörig die Leviten zu lesen.

„Du betrügst meine Tochter doch schon lange. Ich habe dich doch schon einmal erwischt", schrie er ihn an.

„Mensch, her, her, jetz' her mer mol zu" (gängige Redewendung im Karlsruher Dialekt mit entsprechender Betonung): „Wundert dich das, wenn ich seit Jahren mit einer Psychopathin leben muss?", konterte Arno ärgerlich und das trug nicht dazu bei, die Sache zu deeskalieren.

„Was habe ich von meiner Frau, die immerzu nur zum Psychiater rennt und sonst teilnahmslos zu Hause klagend oder wehleidig herumhängt, den Haushalt vernachlässigt und im Bett nichts mehr läuft."

Seinen über Jahre aufgestauten Frust redete er sich nun ungeschminkt von der Seele und war bei der Wortwahl und Einschätzung weder zimperlich noch zurückhaltend. Das tat ihm so richtig gut, einmal Dampf und Luft abzulassen, sich frei geredet zu haben, denn so deutlich hatte er sich bisher nie bei anderen geäußert, wie er aktuell über seine Ehe wirklich denkt.

„Ich rate dir gut, bringe die Sache wieder in Ordnung, sonst bekommst du es mit mir zu tun", drohte unverhohlen der Schwiegervater, „und das kommt dich dann teuer zu stehen."

„Des kannsch halde wie sella uffm Dach", giftete der Gescholtene. „Kannsch mer mol de Buggl nunner rudsche!" (Das kannst du machen wie ein Dachdecker - egal welche Seite du vom Dach runter gehst - kannst mir den Buckel runterrutschen).

Auch Arnos Eltern machten ihrem Sohn Vorwürfe.

„Wir, deine Mutter und ich sind schon Jahrzehnte verheiratet und sind uns immer treu geblieben", sagte der Vater.

„Ist das heute Mode, dass man von Treue nichts mehr hält und nur noch eigene Wünsche und Befriedigungen in den Vordergrund stellt? Du bist doch kein pubertierender Junge mehr und wenn es deiner Frau nicht so gut geht, dann solltest du doch auch einmal verzichten können!"

„Herr schmeiß Hirn ra, ihr habt gut reden und doch keinen Schimmer Ahnung!", erwiderte Arno seinem Vater uneinsichtig.

„Ihr hättet recht, wenn das wenige Monate oder ein Jahr gegangen wäre, mit Christel geht das aber nun schon Jahre und so lange Enthaltsamkeit hält kein Mann aus; das zermürbt. Ich habe schon genug Verzicht geübt. Es bessert sich ja doch nichts! Ihr wisst ja, was wir sagen:

„Wenn's renne nimmer goht, musch' hald laufe" (wenn das eine nicht mehr geht, musst du etwas anderes machen).

Das waren keine guten Aussichten. Die Situation schien total aus dem Ruder gelaufen zu sein und die Positionen sich sehr verhärtet zu haben. Von allen Seiten bekam Arno mächtig Druck und der reagierte ziemlich sauer und ungehalten. Von Einsicht war keine Spur, im Gegenteil. Er sah sich in der Opferrolle. Mehrere Tage herrschte Eiszeit im Hause Koch und Kevin verstand die Welt nicht mehr. Immer wieder lag er sowohl dem Vater als auch der Mutter in den Ohren:

„Gell, ihr trennt euch doch nicht, ihr lasst euch nicht scheiden!", und dann brach er in Tränen aus und schluchzte herzzerreißend:

„Ich will kein Scheidungskind sein!"

Gute Freunde bemühten sich ebenfalls zu vermitteln. Abwechslung in der Misere bot beiden nur die Arbeit. Da musste man sich - und besonders Arno - auf andere Dinge konzentrieren. Zwischendurch musste er im Rahmen eines aktuellen Projekts geschäftlich verreisen und besuchte Kunden in München und Hamburg. Das brachte für ihn Ablenkung und sie sahen sich für ein paar Tage nicht. Wenn er sonst abends nach Hause kam, ging jeder seine eigenen Wege, das heißt Arno schwang sich auf sein Bike und fuhr durchs Land, und Christel traf sich mit Susanne oder Waltraud, ihre wichtigsten Freundinnen. Dort konnte sie sich ausheulen und da bekam sie verständnisvollen Zuspruch. Gemeinsam verurteilte man den uneinsichtigen und untreuen Ehemann. Dabei ließ man nichts Gutes an ihm und natürlich wünschte sie ihm in diesem Kreis der Frauen die Pest und Cholera an den Hals.

„Des isch en aidermliche Hund, den do g'molt hasch!" (Ein schlechter Mensch, den du dir geangelt hast), lautete das nicht schmeichelhafte Urteil.

Vierzehn Tage vergingen, bis man sich wieder etwas arrangiert hatte und das Nötigste miteinander redete, wenn auch sehr distanziert. Unaufschiebbare Dinge aus der Schule und dies und das, was mit dem Haus zusammenhing, hatten es einfach nötig werden lassen. Das bot eine günstige Gelegenheit wieder das Gespräch zu suchen.

„Wie soll es weitergehen mit uns?" wollte Christel dann abends am Tisch während dem Abendessen wissen.

„Kann ich mit dir noch rechnen oder ist unsere Ehe endgültig am Ende und wir lassen uns scheiden?"

„Ich habe kein Interesse an einer Scheidung", erwiderte Arno kurz und bündig, aber entschieden,

„da verdienen nur die Rechtsanwälte daran". Ein Wort ergab das andere und es war am Ende gut, einmal alles in vernünftiger Weise auf den Tisch gelegt zu haben, was schon länger zwischen ihnen stand und bisher immer nur im Untergrund schwelte.

Vorerst war Christel froh - denn sie wusste ja, dass ihre Krankheit ein Großteil an Schuld beitrug und damit alles begonnen hatte. Es war ihr sehnlichster Wunsch vernünftig miteinander umzugehen.

„Gut, dann versuchen wir miteinander auszukommen, schon um Kevins Wohl", sagte sie schließlich.

„Ich will aber nicht die zweite Geige unter deinen Frauen spielen!"

„Wenn du dich im Bett nicht immer verweigerst und dich so zickig anstellst, habe ich keinen Grund mir das anderweitig zu holen, sonst schon!" gab Arno eigensinnig und uneinsichtig - schon wieder Oberwasser sehend - zurück. Damit war das Thema vorerst durch und sie gingen zum normalen Alltagsleben über.

Insgeheim machte sich aber Arno doch weiter seine Gedanken.

„Eine Scheidung kommt für mich nicht in Frage. Da ist einmal das Haus und das ist noch lange nicht abbezahlt. Mein Sohn ist noch zu jung, dass wir ihm eine Trennung zumuten dürfen. Und ich bin sicher, dass Christel auf das alleinige Erziehungsrecht bestehen würde, was ich auf keinen Fall akzeptieren werde."

Auf der anderen Seite war er sich wohl bewusst:

„Die Ehe wird nie mehr das sein, was sie in den Anfangsjahren war." Auch das Verhältnis zu den Großeltern - besonders zu den Eltern seiner Frau - blieb angespannt und die Kontakte beschränkten sich auf das Notwendige oder sie trafen sich nur wie gewohnt zu den üblichen Familienfesten wie Geburtstage, an Ostern und Weihnachten. Bei jeder Begegnung war die Distanz zu spüren und die Nüchternheit im Umgang miteinander zeigte es deutlich. Wenn geredet wurde, dann über Kevin oder ansonsten über Alltagsdinge. Sonst hatten sie sich nichts mehr zu sagen.

Seine weitere Überlegung war:

„Bei einer Scheidung müsste das Haus verkauft werden und das kommt für mich nicht in Frage, das ist keine Option. Dafür habe ich zu viel Eigeninitiative und Herzblut hineingesteckt." Noch ein Grund kam dazu. Er war zu sehr in Weingarten mit der Stadt und seinen Freunden verwurzelt.

„Da sind viele, die ich aus dem Sport und den Vereinen kenne. Bei einer Scheidung müssten entweder meine Frau oder ich den Ort wechseln, damit wir uns nicht täglich irgendwo über den Weg laufen." Da war er sich sicher, dass seine Frau - mit Unterstützung ihrer Eltern - nicht weggehen würde.

„Meine Heimatstadt, mein vertrauter Kreis verlasse ich nie und nimmer", dazu war er wild entschlossen. Wie sollte es dann am Ende ausgehen?

Viele Tage beschäftigte sich Arno mit diesem Thema und tausende Gedanken zogen ihm durch den Sinn. Wie in einem Karussell oder einer Spirale drehten sie sich immer wieder im Kreis und selbst im Bett wurde er davon verfolgt; das ließ ihn kaum einschlafen.

„Warum komme ich nicht davon los?" stellte er sich ärgerlich die Frage.

„Es bringt doch nichts, immerzu in Gedanken endlose Streitgespräche zu führen und sich mit dem gleichen Thema zu beschäftigen. An der Situation ändert es doch nichts." Neue Ideen kamen ihm und er verwarf sie alsbald wieder. Schlussendlich stand sein Entschluss fest:

„Es geht, wie es will, eine Trennung kommt für mich nicht in Frage; wenn das aktuell werden sollte, werde ich es zu verhindern wissen und meine eigene Lösung suchen, und die ist ultimativ."

Unwillkürlich setzte sich bei ihm - für den Fall der Fälle - ein perfider Gedanke in seinen Überlegungen im Hinterkopf fest, den er zwar anfangs vehement verdrängte, aber doch immer wieder darauf zurückkam und der sich verfestigte. Es war eine makabre, teuflische Idee, die sich da eingeschlichen und in seinem Kopf festgesetzt hatte.

Zur weiteren Entspannung der Situation und um Abstand zu gewinnen, flog die Familie im Oktober für eine Urlaubswoche nach Alanya in der Türkei. Dabei schwang die Hoffnung mit, sich außerhalb des üblichen Gesichtsfeldes, bei etwas Ruhe und Erholung, sowie in einem anderen Umfeld wieder etwas näher zu kommen; dabei wieder im Umgang etwas lockerer zu werden.

Der Abflug war in Rheinmünster-Söllingen – das war sozusagen vor der Haustüre, somit relativ nahe und bei der Anfahrt leicht und schnell zu erreichen. Sie hatten ein sehr günstiges Angebot eines Reiseanbieters ausgemacht und das erleichterte den Urlaub. Zu dritt waren sie in einem Zimmer im Hotel Grand Zaman Garden untergekommen; in einem sauberen und gut geführten Haus. Sowohl mit dem Komfort als auch dem reichhaltigen und geschmackvollen Essensbuffet durften sie sehr zufrieden sein und auch die günstige Lage fanden sie durchaus in Ordnung.

Vor Ort buchte Arno zusätzliche ein paar interessante begleitete Ausflüge, so unter anderem nach Antalya und Pamukkale, wobei jeweils mit den Busfahrten die in der Türkei unvermeidlichen Verkaufsshows in Kauf zu nehmen waren. Erst wurde während der Touren eine Teppichknüpferei, dann eine Schmuckfabrik und nahe Antalya zuletzt auch noch eine Ledermanufaktur besucht, wobei die Kochs sich mit Einkäufen zurück hielten und stattdessen lieber - so lange die Show oder Vorführung andauerte – in einer ruhigen Ecke oder im Freien ein Getränk zu sich nahmen.

Ansonsten waren die Ausflüge sehr erlebnisreich und sehenswert. Getoppt wurden die Exkursionen durch den sehr belesenen und witzigen Reiseführer. Er erwies sich unterwegs als eine echte Bereicherung und die anderen Gäste zeigten sich auch als eine nette, homogene Gesellschaft. Man verstand sich gut und hin und wieder ging sogar jemand ans Mikrofon und gab einen Witz oder eine pfiffige Anekdote zum Besten.

Mit kontroversen Auseinandersetzungen, die immer wieder sporadisch zwischen dem Ehepaar auftraten, hielt man sich weitgehend zurück, da ihr Sohn mit im Zimmer untergebracht war, und den wollten sie nicht unnötig beunruhigen; sie bissen sich lieber auf die Zunge. Die Zwistigkeiten innerhalb der Ehe hatten eh schon deutliche Spuren bei Kevin hinterlassen. Er zeigte sich oft nervös und im letzten halben Jahr sind seine Leistungen in der Schule merklich abgesunken. Dazu mangelte es ihm regelmäßig an der nötigen Konzentration. Da wollten sie nicht zusätzlich Öl ins Feuer gießen.

Zuhause versuchte der Vater nach dem Türkeiurlaub dem Befinden des Sohnes so gut wie es ging gegenzusteuern und widmete sich ihm fortan etwas mehr. Er machte mit ihm Ausflüge; sowohl mit dem Fahrrad wie bei diversen anderen Unternehmungen, die ihn ablenken sollten. Einmal ging er mit ihm über Nacht zelten und sie verbrachten einen romantischen Abend am Lagerfeuer. Ein anderes Mal paddelten sie ein paar Kilometer mit dem Boot auf einem der Altrheinarme entlang. Das wirkte, Kevin war glücklich und zuhause bei der Mutter und den Großeltern schwärmte er nur so von dem Erlebten.

Vor einem Jahr hatte Kevin von den Großeltern Frank ein sehr gutes Mountainbike zum Geburtstag geschenkt bekommen und damit konnte er fortan den Vater bei manchen Touren begleiten, wenn sie nicht zu ausgedehnt lange waren. Nur, auf die Schnelle hatte das alles zur Verbesserung der Schulleistungen nicht entscheidend geholfen und so war es wichtig, dass die Eltern sich weiter darum bemühten, Belastendes vom Sohn fernzuhalten und ihn andererseits anzuhalten, sich etwas mehr zu bemühen.

Doch zurück zum Urlaub in der Türkei. Wenn sie nicht unterwegs waren oder in der sehenswerten Stadt Alanya am Hafen und in der Altstadt die Zeit verbrachten, dann am Hotelpool oder nahen Strand. Die Getränke waren weitgehend: „all inklusive". Abends saßen sie mit anderen deutschen Hotelgästen stundenlang im Restaurant in der Runde zusammen, wechselten später an die Bar, bevor es endgültig Zeit wurde, das Zimmer aufzusuchen; nicht aber vorher noch einen Absacker genossen zu haben.

So mancher Raki floss in diesen Stunden durch die Kehlen, begleitet mit lautem Gesang:

„Mir drinke nur wenn's nix koscht, mir drinke nur wenn's nix koscht, ja wenn das so ischt, ja wenn das so ischt, dann prost!"

Die kurzweilige Unterhaltung ließ die Zeit schnell vergehen und die Abwechslung minderte die Gelegenheiten zu streiten oder unnötig kontrovers zu diskutieren. Jeder Urlaub geht aber einmal zu Ende. Und in der Tat, körperlich gut erholt und seelisch entspannt landeten sie wieder in Söllingen. Übereinstimmend stellten sie hinterher fest:

„Diese Tage haben uns gutgetan, hoffentlich hält das an."

Die nächsten Wochen und Monate vergingen gefühlt viel zu schnell. Das Ehepaar lebte tatsächlich einigermaßen verträglich zusammen und ging rücksichtsvoll miteinander um. Gelegentlich trafen sie sich mit den einen oder anderen Großeltern oder mit allen zusammen, wie mit Personen der übrigen Verwandtschaft. Sie unternahmen gemeinschaftlich etwas mit Freunden oder befreundeten Familien und erfreuten sich an Abwechslung und Kurzweil.

Gemeinsame Treffen ergaben sich vornehmlich dann, wenn ein Geburtstag zu feiern war und natürlich wurde immer der Geburtstag von Kevin mit den Großeltern zusammen gebührend gefeiert und der Junge fühlte sich als Mittelpunkt glücklich. Auch Weihnachten verbrachten alle immer noch zusammen. Das behielt man weiterhin bei und meistens waren tatsächlich alle fröhlich und demonstrativ zuvorkommend bei solchen Gelegenheiten anwesend. Silvester dagegen feierte das Ehepaar irgendwo auswärts im befreundeten Kreis, wobei Kevin über den Jahreswechsel bei den Großeltern Frank weilte und den Jahreswechsel dort verbrachte. „Alles ist im Lot", würde man meinen.

Blick auf Alanya und unten die Sinterterrassen von Pamukkale

8

Arno kann's nicht lassen

Seit Arno Kochs Eskapaden publik geworden waren, war schon ein Jahr vergangen. Ganz hatte er nicht auf die heimlichen Treffen mit Ingrid verzichtet und mit einer anderen Frau war er auch hin und wieder zusammen. Im Großen und Ganzen hielt er sich aber am Riemen und war bemüht, wenn er schon vom fremden Tisch naschte, dass dies ja bei niemand auffallen konnte. „Uffbasse muesch" (du musst aufpassen) oder „Holzauge sei wachsam", war seine Devise.

Dann fiel er aber doch verstärkt wieder in das alte Laster zurück und er konnte es nicht lassen. „Die Katze lässt das Mausen nicht", sagt der Volksmund. Oder Wilhelm Busch soll gesagt haben: „Ist der Ruf erst ruiniert, lebt es sich ganz ungeniert!" Oft traf er sich wieder mit einer seinen Liebschaften und vor allem mit Ingrid. Sie war für ihn einfach eine Wucht und vor allem, die Chemie stimmte. Dabei wurde er mit der Zeit wieder immer leichtsinniger. Der Grund lag einfach darin, die Frau zeigte sich sehr leidenschaftlich, sehr aktiv, das gefiel Arno und das weckte ihm immer neues Verlangen, das war wie eine Sucht. Jedes Mal, wenn er sich mit ihr traf, wurde es ihm bewusster, was er zu Hause nicht mehr bekam und inzwischen so sehr vermisste oder manchmal sogar davon träumte.

Er traf seine Geliebte nicht nur in deren Wohnung. Sie unternahmen gemeinsame Halbtages- oder Tageswanderungen und da bewegten sie sich zwangsläufig in der Öffentlichkeit. Sicher, manchmal fuhren sie über den Rhein hinüber in die Pfalz und wanderten bei Dahn oder Annweiler, auch mal über die Grenze in den französischen Teil des Nordelsass, wo das Château fort de Fleckenstein am Weg lag und andere mächtige Ruinen, die auf steil aufragenden Sandsteinfelsen thronen und diese urtümliche Wald- und Felsenlandschaft prägen. Einkehrmöglichkeiten zum Flammkuchen essen und einem Glas Crémant oder Rotwein fand sich garantiert zwischendrin oder hinterher an der Strecke. Da meinten sie, weit weg vom Schuss zu sein und weitgehend außerhalb des Blickfeldes von Augen, die das nicht sehen sollten.

Der Nordschwarzwald war ebenfalls eine andere, doch gerne besuchte Region und gut für stundenlange, anspruchsvolle Wanderungen, dazu sehr erlebnisreich und über weite Gebiete sehr anonym. Das trainierte die Kondition, kostete wohl viel Schweiß, brachte dafür eine Menge an Erholungswert. Zugute kam ihm, dass seine Frau solche Touren nie mitmachen wollte. Das war ihr zu anstrengend, die Wege zu weit, also ging er stattdessen mit anderen und hatte damit gute Ausreden. Teilabschnitte bei Wanderungen auf dem Westweg gehörten dazu, die Arno mit Begleitung ging, dann wiederholt rund um die Hornisgrinde, über und um den Schliffkopf oder vom Ruhestein über den Seekopf hinunter zum Wildsee, dann wieder zurück zur Darmstädter Hütte und anschließend zum Ausgangspunkt. Da brauchte er gut und gerne drei Stunden. Sein Vorteil dabei war, bei den Wanderungen bewegte er sich in einem einzigartigen Refugium und das lenkte von allen Alltagsdingen ab. Statt nachzugrübeln, hielt er lieber nach den selten gewordenen Kreuzottern Ausschau, die es in diesem Bereich noch gibt. Das alles war auch ein wenig Ersatz für die fehlenden Bergtouren oder Urlaubsreisen.

„Man sieht auch bei uns schon vor der Haustüre genug!", war seine Devise.

Beliebt waren ihm Touren im Murgtal und da ging er manchmal hoch zum Mahlbergturm oberhalb der Stadt Gaggenau auf der Höhe, oder zu anderen Sehenswürdigkeiten im Höhengebiet links und rechts entlang der Murg. Mit Vergnügen las Arno bei der Teufelsmühle den sinnigen Spruch auf einer Tafel direkt beim Turm:

„Hier liegt mein Weib, Gott sei's gedankt. Wie oft hat sie mit mir gezankt. Drum lieber Wandrer rat ich dir, geh schnell weiter, sonst kommt sie raus und zankt sie mit dir!"

Mit der blonden Ingrid verstand er sich blendend und sie ging gerne auf seine sexuellen Vorlieben ein. Dabei wusste sie sehr wohl um seine Probleme in der Ehe, und dass er einen 8 Jahre alten Sohn hat, den er über alles vergötterte. Das störte sie wenig, solange sie zusammen sein konnten und genügend Möglichkeiten für gemeinsame Unternehmungen fanden. An eine engere Bindung an einen Mann war sie gar nicht interessiert.

„Ich möchte mir meine Freiheiten bewahren, da bin ich mein eigener Herr (Frau), kann tun und lassen, was ich will, muss niemanden fragen und auf keinen Macho Rücksicht nehmen. Das Geld, welches ich verdiente, kann ich allein ausgeben und wenn ich Lust auf einen Mann habe und jemand fürs Bett brauche, dann habe ich Arno oder finde einen anderen." So einfach ist das heute, im aufgeschlossenen 21. Jahrhundert: „Laissez-faire", den Dingen freien Lauf lassen.

Das war ihre eigene Sichtweise auf die Dinge; ein gewisser Egoismus steckte wohl dahinter. Damit lag die Frau aber durchaus voll im Trend der Zeit.

„Heute lasst uns leben, denn morgen sind wir tot." Oder: „was kann ich alles in die begrenzte Zeit meines Lebens packen?"

Doch sei's drum; Arno kannte ihre Meinung und ihm war es recht so, er schätzte, dass sie nicht mehr von ihm forderte. Das war für ihn bequem und er bestärkte sie darin bei passender Gelegenheit mit dem Ausspruch:

„Jedem Menschen sei seine eigene Lebensweise gegönnt, oder wie es landläufig heißt: Jedem Dierle, sei Pläsierli".

Durch die stundenlangen Wanderungen und häufige Abwesenheit blieb weniger Zeit für die eigene Familie; weder für den Sohn noch für seine Frau - und das schaffte wieder neue Dissonanzen. Mit seinem Schwiegervater zoffte er sich zwischendurch regelmäßig und es hätte einmal nicht viel gefehlt und er hätte ihn einmal aus seinem Haus geworfen. Ein paar Tage später ging er zu ihm und entschuldigte sich - nicht, weil er sich schuldig fühlte, sondern weil er es für besser hielt, denn ihm war bewusst:

„Man weiß ja nie, wann ich meinen Schwiegervater wieder einmal brauche." Mehr ärgerte ihn, dass sich seine Frau auf die Seite ihres Vaters stellte. Bei Christel war wieder instinktiv ein tiefes Misstrauen erwacht.

Mitten in einer Woche - und vielleicht lag es am Vollmond; an den üblichen Frauenbeschwerden oder beides traf zusammen und das alles trug dazu bei, dass sie einen krottenschlechten Tag hatte. Seelisch ging es ihr gar nicht gut. An diesem Tag kam Arno spät abends nach Hause und da ließ sich Christel gehen und machte ihm wieder einmal heftigste Vorhaltungen und eine unschöne Szene. Eine halbe Stunde ging das so fort, dann hatte Arno genug und er verzog sich einfach ins Bett. Nein, nicht ins Schlafzimmer, er legte sich ins Gästezimmer und schlief dort allein. Morgens musste seine Frau wie gewohnt früher aus dem Haus. Erst dann suchte er das Bad auf, frühstückte und fuhr zur Arbeitsstelle.

Den folgenden Nachmittag ging er nach der Arbeit weder zu Ingrid noch zu einer anderen seiner Liebschaften, sondern er fuhr mit dem Auto nach Baden-Baden und dort direkt auf der B 500 zur Schwarzwaldhochstraße. Gemächlich befuhr er die bekannte Höhenstraße, kam bei Sand an und bog links ab zum Areal und Bespassungspark Mehliskopf [8]). Dort am Bereich des Freizeitzentrums befinden sich genügend kostenlose Parkplätze. Dort parkte er das Auto. Dieses Gebiet rundum kannte er längst bestens von früheren Wanderungen her und mit seinem Sohn war er auch schon auf der Sommerrodelbahn und hinterher im dazu gehörenden Kletterparcours.

Nach der Ankunft schlüpfte er zuerst in seine festen Wanderschuhe, die immer im Kofferraum lagen, danach verschloss er sorgfältig das Auto, ging die rund zweihundert Meter zur B 500 zurück und folgte dem dort parallel verlaufenden Wanderweg zum Plättig, oberhalb der Bühlerhöhe. Hier wechselte er nach links auf den Weg etwas abwärts zur Herta-Hütte, bog bei der Hinweistafel: „Falkenfelsen" nach links und suchte den Eulenstein. Er wusste, das ist eine wuchtige, hoch aufragende und mit Gestrüpp umwucherte Felsengruppe

---

[8]) https://mehliskopf.de/

mitten im Wald. Sein nächstes Ziel war dann die imposanten Falkenfelsen und ein Stück weiter der „Steile Zahn". Es handelt sich um gewaltige Felsformationen mitten im Wald und steilen Gelände. Von dort kam er zur Herta-Hütte, die auch auf solch einem monumentalen Felsen thront. Im Schatten der Hütte vesperte er und blieb danach noch eine Weile auf der Bank sitzen und sah den Sonnenuntergang im Westen zu. Langsam versank mit rot leuchtendem Licht die Sonne über dem Vogesenkamm und zauberte ein prächtiges Farbenspiel an den abendlichen Himmel. Für jeden Romantiker ein Bild, das zum Schwärmen anregt.

Arno Koch liebte diese urwüchsige Landschaft mit den mächtigen, einzelnstehenden wuchtigen Felsengebilde aus hartem Granitgestein, in diesem weitläufigen Gebiet unterhalb der Bühlerhöhe. Es gibt ausgewiesene Aussichtspunkte, die dem Wanderer atemberaubende Blicke über die Schwarzwaldhöhen und weit in die Rheinebene ermöglichen, bis hinüber, wo sich im grau-schimmernden Licht die Höhenlinie der Vogesen abzeichneten. In der Ebene ist leicht mitten hindurch das gewundene, glänzende Band des Rheins zu erkennen.

Die moosbewachsenen, von Wind, Wetter und Regen angenagten Felsen recken sich geradezu mystisch zwischen uralten Buchen, hohen Tannen und Fichten gen Himmel. Mannshohe Findlinge liegen verstreut im Gelände. Gestrüpp und dürres Geäst machen - seit dieses Gebiet ein Schonwald ist - den Zugang beschwerlich und für Kletterer sind die Felsen heute tabu, trotz dem heftigen Protest, den es einst gab.

Vor 25 Jahren waren der Falkenfelsen, der Wiedefelsen und der Steile Zahn noch ein Dorado für Sportkletterer. Heute sind sie - mit Rücksicht auf brütende Falken - gesperrt. Die Herta-Hütte, der Unholdfelsen und andere, sowie unterhalb der Wiedefelsen und das Sickenwälder Horn sind zumindest als Aussichtspunkte noch begehbar geblieben und sehr beliebt, wegen der herrlichen Panoramarundsicht, die sie bieten.

Tief unterhalb im dichten Waldgebiet ist der Zugang zur Gertelbachschlucht erkennbar. In der Schlucht stürzen donnernd die Wassermassen imposant und über mehrere Kaskaden zu Tal. Bühlertal schmiegt sich vom Tal aus an den waldfreien Hängen in die Täler empor. Die bewaldeten Erhebungen des Buchkopfs und der Bühler Stein bilden eine natürliche Barriere für eine freie Sicht auf die Zwetschgenstadt Bühl, die man nur erahnen kann. Für jeden Naturliebhaber lohnt es sich hier länger zu verweilen, die Ausblick auf die Sinne einwirken zu lassen und ein wenig zu entschleunigen. „Mehr Paradies geht nicht!"

Gut drei Stunden hatte sich Arno Zeit gelassen, während er wie ziellos suchend durchs Gelände gestreift ist. Er hatte aber immer einen bestimmten Plan im Kopf und prüfte, wo sich sein mögliches Vorhaben am besten umsetzen ließe. Sehr genau hatte er einzelne Felsformationen und die Zugänglichkeit in Augenschein genommen. Mehrfach verließ er dazu die ausgeschilderten Pfade, die sternförmig in alle Richtungen führen und durchstreifte den schwer zugänglichen Waldabschnitt, immer den Dornen ausweichend und mit Bedacht, nicht ins Straucheln zu geraten.

Ursprünglich hatte er in seinem Plan den Eulenstein im Visier, stellte jedoch fest, dass dieser Felsen nicht für das geeignet ist, woran er dachte und was er vorhatte. Rund zweihundert Meter weiter ragen die Falkenfelsen in die Höhe. Dieses Umfeld erwies sich auf den ersten Blick genau richtig wonach er suchte. Dort befinden sich tiefe Höhlen und Spalten, überall liegt handliches Bruchgestein im Gelände. Trotzdem entschied er sich am Ende auch gegen dieses Terrain, denn es lag ihm zu nahe an der viel besuchten Herta-Hütte. Der Verbindungsweg zum an schönen Tagen gut frequentierten Waldgasthaus Kohlbergwiese ist gleichfalls nicht weit entfernt und somit ist mit Publikumsverkehr zu rechnen. Das schien ihm für sein Vorhaben ein zu hohes Risiko.

Die Möglichkeiten waren damit aber auch längst noch nicht alle erschöpft. Vom Verbindungsweg folgte er nach rechts dem Weg „Unter der Bühler Höhe" in nördlicher Richtung. Dieser grasbewachsene Weg erweist sich als gut befahrbar. Rund 750 Meter weiter ist links kommt der Unholdfelsen und kurz danach die massiven Blockfelsen „Unter der Bühler Höhe".

Die Erkundung rund um den Unholdfelsen erwies sich außerordentlich schwierig. Dazu trug einerseits die einfallende Dämmerung bei und andererseits hinderten ihn dichte Hecken und hartes Gestrüpp um die Felsengruppe, und auch weiches Moos macht das Gelände schwer begehbar. Doch Arno wurde hier fündig. Es fanden sich tiefe Löcher und Spalten, genau das, wonach er gesucht hatte.

„Wenn es so weit sein wird und ich tun muss, was ich vorhabe, dann ist hier der genau richtige Platz", da war er sich ziemlich sicher.

Dieses, zur Rheinebene hin steil abfallende wildwüchsige Refugium ist zwar mit vielen Wald- und Wanderwegen gut erschlossen, aber abseits der Wege durch die Steilheit schwer zugänglich, es ist unübersichtlich und verwildert. Unterhalb der Herta-Hütte und in der Gertelbachschlucht ist es kaum möglich sich zu bewegen, wenn man die schmalen Pfade verlassen wollte. Die Natur bleibt sich weitgehend selbst überlassen und nimmt alles überwuchernd in den harten Griff.

Nach der anstrengenden Erkundung lief Arno gemächlich zum Verbindungsweg zurück und hoch zum Plättig. „Ich habe gefunden wonach ich suchte", dachte er zufrieden. Vom Parkplatz hatte er noch gut einen Kilometer zurück zum Auto zu laufen, doch diese Distanz legte er in kurzer Zeit zurück. Beim Auto entledigte er sich seiner Wanderschuhe und schlüpfte in leichte Sandalen. Danach machte er sich auf in Richtung Heimat, befuhr die B 500 nach Baden-Baden, kehrte dann doch noch unterwegs in ein Gasthaus am Weg ein, bestellte ein Abendessen und trank dazu genüsslich ein alkoholfreies Weizenbier. „Heute habe ich keine Eile mehr; numme net huddle!"

Anfänglich hatte er für seinen perfiden Plan mit dem Gedanken gespielt, das Hohlohmoor in Erwägung zu ziehen. Vom Parkplatz oberhalb Kaltenbronn und am Hohlohturm vorbei zu den Bohlenwegen hätte er aber nicht mit dem Auto fahren dürfen, ohne Aufsehen zu erregen. Jenes Gebiet schloss er deshalb wieder schnell unter den geeigneten Möglichkeiten aus.

Bis er zu Hause eintraf, war der Uhrzeiger auf Mitternacht vorgerückt. Seine Frau lag längst im Bett und ihm war das recht. So musste er sich schon keine neuen Vorwürfe mehr anhören oder Rede und Antwort stehen.

Morgens stand er schon um 6 Uhr auf, frühstückte entgegen seiner Gewohnheit nicht, sondern fuhr unverzüglich mit dem Auto zur Arbeit. Unterwegs besorgte er sich bei einer Filialbäckerei zwei Brezeln und im Büro bediente er sich beim Kaffee vom Automaten. Kaffee trinken und dazu Brezeln essen, das konnte er auch während der Tätigkeit am Computer.

Die Arbeit im Verlauf des Tages erforderte hohe Konzentration von ihm; ein kompliziertes Projekt, an dem er arbeitete bereitete ihm gehörig Kopfzerbrechen und mehr Mühe, als ihm Recht war. Zwischendurch erwiesen sich Abstimmungen innerhalb des Teams als zwingend notwendig. Dadurch wurden seine persönlichen oder familiären Probleme vorerst völlig in den Hintergrund gedrängt.

Nach Arbeitsende trieb es ihn zu Ingrid nach Durlach. Mit ihr hatte er sich tagsüber telefonisch verabredet und sie versprach ihm ein superleckeres Essen zu bereiten. Die Frau konnte sehr gut kochen und was sie auch diesmal auf den festlich gedeckten Tisch gebracht hatte, war wieder absolute Spitzenklasse.

„Essen ist Philosophie mit Messer und Gabel", zitierte er einen berühmten Spruch.

„Komm, geh fort!", scherzte Ingrid (typisches Karlsruher Dialektwort für: wirklich). Zum delikaten Essen tranken sie einen gehaltvollen Spätburgunder-Rotwein „Stich den Buben", von der Winzergenossenschaft Baden-Baden. Hinterher ließ er sich seelisch und körperlich von ihr trösten und verwöhnen.

„Ich brauche einfach solche Augenblicke, wo ich innerlich auftanken kann, und wo wäre das schöner als mit einer sinnlichen Frau", dachte er selbstzufrieden.

„Da ist mir alles andere wurscht!", oder wie sagt es der Lateiner? „Carpe diem", nutze den Tag.

Erneut wurde es an diesem lauschigen Abend spät und 23 Uhr war vorbei, bis er zu Hause durch die Tür eintrat. Im Wohnzimmer verweilte er noch eine Stunde vor dem Fernseher und ließ den zweiten Teil des Tages noch einmal Revue passieren. Seine Frau ließ sich nicht sehen und träumte vermutlich schon längst im seligen Schlaf. Dafür schaute er zwischendurch beim Sohn ins Zimmer. Dieser lag zwar auch im Bett, spielte aber noch mit dem Nintendo. Der Vater umarmte ihn, drückte ihm einen Kuss auf die Stirn und ermahnte ihn, doch nun Schluss zu machen und zu schlafen, damit er am Morgen ausgeruht in die Schule gehen kann. Er wünschte ihm eine gute Nacht, dann verzog er sich. Um Mitternacht legte er sich nun auch schlafen, nachdem er das Gefühl hatte, die Augen würden ihm im Stehen zufallen.

Die Funkstille oder der „Status quo" dauerte einige Tage und erst am Wochenende rauften sich beide Streithähne zusammen und sprachen wieder miteinander. Die Initiative kam vom Sohn, der nicht lockerließ und darum bettelte, Mama und Papa mögen sich doch wieder vertragen und auch Arnos Vater versuchte vermittelnd zu agieren. Er redete seinem Sohn ins Gewissen:

„Ich bitte dich, versündigen nicht dadurch, dass du durch dein Verhalten die schon chronischen depressiven Beschwerden deiner Frau unnötig noch verschärfst und verschlimmerst: des muesch eifach naabringe" (bring das in Ordnung).

Sein Rat sagte er ihm diplomatisch genug, damit sich Arno nicht wieder auf den Schlips getreten fühlen musste und dann mauerte. Die Diskussionen nervten Arno trotzdem, es hielt sich aber erträglich und genau genommen fühlte er sich wohl auch etwas schuldig; sein Empfinden war durchaus ambivalent. Das wollte er aber nicht immer so direkt gesagt bekommen. Andererseits war ihm Streit von Natur aus zuwider. Im Herzen wünschte er sich Harmonie und Frieden im Haus. So meinte er nach einer gewissen Zeit:

„Der Klügere gibt nach!"

Die folgende Aussprache dauerte Stunden und die schwelenden Dinge wurden offen auf den Tisch gelegt. Dabei trank Arno ein wenig zu viel Rotwein und auch Christel hielt sich nicht gerade beim Alkohol zurück, was bei ihr - infolge der Medikamente - noch mehr Wirkung zeigte. Am Ende wirkte sie aufgekratzt, ja geradezu ein wenig euphorisch.

Vielleicht trug der Alkohol dazu bei, nicht nur die Zunge zu lockern zum Versprechen, möglichst vernünftig miteinander umzugehen. Die kleine Flamme der Begehrlichkeit war doch plötzlich wieder entfacht. Arno kehrte an diesem späten Abend zum Schlafen in das Ehebett zurück und nach längerer Zeit hatten sie sogar wieder einmal Sex miteinander; nicht so leidenschaftlich wie in der Anfangszeit der Ehe, aber immerhin, es war ein guter, versöhnlicher Abschluss und der gemeinsame Wille sich zu vertragen war erkennbar. Beide fühlten sich hinter besser und mal wieder richtig wohl.

Der kommende Morgen gestaltete sich wie üblich und am Abend saßen Arno und Chipsi wieder einmal gemeinsam am Tisch und gelobten sich zu arrangieren und zukünftig sich mehr zu bemühen. Arno sagte schließlich dazu:

„Wir wollen es noch einmal probieren und zumindest vernünftig miteinander umgehen. Sei nicht zu streng zu mir. Ich werde mich bemühen, ein guter Mann zu sein."

„Alle gued, ich hoff, ich schaff des au und wir beide mitenander", erwiderte sie. Der Abend gestaltete sich, wie es seit längerer Zeit nicht mehr war, doch erträglich und erfrischend friedlich.

Eulenstein, Falkenfelsen und unten die Herta-Hütte

9
Unerwarteter Zwischenfall

Die nächsten Wochen ohne nennenswerte Ereignisse dümpelten so dahin. Man lebte recht und schlecht zusammen und unternahm gelegentlich gemeinsam etwas, verbrachte dann und wann einige schöne feuchtfröhliche Stunden in einer Besenwirtschaft oder sie unternahm auch schon mal einen Ausflug mit dem Sohn. Der war zwischendurch 14 Tage krank und der Arzt musste kommen - was selten vorkam, wenn man von dann und wann einem Schnupfen oder einer leichten Erkältung einmal absah. Umso mehr kümmerten sich seine Eltern und die Großeltern um ihn und zeigten sich sehr besorgt.

Regelmäßig kürzere oder etwas längere Wanderungen gehörten aber für Arno weiterhin zur bevorzugten Freizeitbeschäftigung und - trotz dem Frieden zuhause - traf er sich heimlich mit Ingrid und noch anderen Frauen. Gelegentlich, und das war meistens an einem der Wochenenden, fuhr er mit dem Mountainbike eine längere Distanz in der Pfalz, radelte nur mal so durchs Elsass oder an der Zwetschgenstadt Bühl vorbei schweißtreibend hoch zur Schwarzwaldhochstraße und von dort zurück über Baden-Baden, dann über die Steigung der Wolfsschlucht ins Murgtal. Da kamen an einem Tag gut und gerne schon einmal über hundert Kilometer zusammen, von den bewältigten Höhenunterschiede gar nicht zu reden.

„Ich brauche ab und zu diese körperlichen Anstrengungen", argumentierte er, voller Überzeugung, „damit ich mich wohlfühle, auch wenn ich dabei hart an meine körperlichen Grenzen komme."

„Mens sana in corpore sano; ein gesunder Geist in einem gesunden Körper", das wusste schon der Dichter Juvenal vor fast 2000 Jahren. Und regelmäßiges Ausdauer-Training kann auch durchaus süchtig machen.

Seine Frau wurde weiter psychologisch betreut und therapiert, sonst ging sie wie gewohnt zur Arbeit nach Bruchsal. In der Freizeit traf sie sich häufig mit den Freundinnen Susanne und Waltraud, die wie sie in Weingarten wohnten. Miteinander bummelten sie entweder in Bruchsal, manchmal auch in der Kaiserstraße in Karlsruhe. Dabei wurde viel geratscht und getratscht. Hinterher setzten sie sich in ein Café und gönnten sich Kuchen oder einen großen Eisbecher. Insofern hatte man sich arrangiert und Kevin war glücklich, dass seine Eltern sich nicht mehr so oft stritten. Alles schien im grünen Bereich zu sein.

Die Schulleistungen bei Kevin ließen allerdings nach wie vor zu wünschen übrig. Nur mit Bedenken genehmigte die Schulleitung den anstehenden Wechsel zur Turmbergschule; einer Realschule, wo er die Mittlere Reife erlangen könnte. Man wollte aber dem Jungen nicht unnötig Steine in den Weg legen, da man im Lehrerkollegium ein wenig über den Hintergrund seiner Probleme wusste, insbesondere über die Erkrankung seiner Mutter, und da hatte man Verständnis, dass der Sohn deshalb belastet war und sehr darunter litt.

„Wenn es nicht besser wird", riet der Schulleiter den Eltern: „sollte sie die Hilfe einer Aufgabenbetreuung erwägen, damit er den Anschluss nicht verliert." So weit so schlecht, man wollte die Sache gut im Auge behalten.

Dann kam ein schöner, nicht zu heißer Sommerabend und der lockte Arno zu einer längeren Radtour durch den hügeligen Kraichgau. Sein Ziel sollte das Kloster Maulbronn sein, wo er im weithin bekannten Weltkulturerbe der UNESCO wieder einmal vorbeisehen wollte. Für die Fahrt wählte er, wo es möglich war, die schattigeren Wege durch den Wald und zudem gedachte er so dem nervigen Autoverkehr auszuweichen. Da passierte es plötzlich und völlig unvermittelt. Mit dem Vorderrad geriet er im unebenen Gelände auf eine Baumwurzel und das Vorderrad rutschte ihm seitlich weg. In hohem

Bogen flog er über den Lenker und schlug im Weg hart und heftig mit dem Kopf auf. Trotzdem er einen Helm trug, blieb er kurze Zeit benommen liegen. Es muss Minuten gedauert haben, in denen er auf dem Boden lag und er endlich das volle Bewusstsein wieder erlangt hatte. Hinterher überlegte er immer noch benommen:

„Was ist denn los, was ist passiert, habe ich geträumt?" Er musste sich erst sortieren und dann wurden ihm erst die pochenden Kopfschmerzen bewusst. Zudem schaute er nach seinem Arm. Beim Blick auf die schmerzende rechte Hand sah er sofort und es dämmerte ihm: „Teufel nochmal, das sieht überhaupt nicht gut aus". Er hatte die Elle gebrochen und der Knochen hatte die Haut durchstoßen, die Wunde blutete. Das sah auf den ersten Blick übel aus. Etwas Schmerzen hatte er wohl auch, das hielt sich aber in Grenzen. Vermutlich stand er noch unter Schock.

Weit und breit war kein Mensch auf dem Weg auszumachen. Doch zum Glück hatte er sein Handy dabei und das war beim Sturz heil geblieben. So konnte er einen Notruf absetzen. Keine 15 Minuten vergingen und der Notarzt im schnellen Auto war vor Ort. Gleich danach traf auch der Krankenwagen ein. Der Verunglückte wurde am Platz erstversorgt und anschließend abtransportiert. Gleichzeitig verständigte ein Sanitäter die Polizei, die das teure Mountainbike abholen und sicherstellen sollte.

Im Krankenhaus Bretten rief Arno zwischen den Behandlungen seine Frau an und auch den Abteilungsleiter am Arbeitsplatz und er informierte beide über sein Malheur. Schon am nächsten Morgen wurde seine Hand operiert und der Knochen gerichtet. Wegen einer Gehirnerschütterung musste er auch so mindestens drei Tage ruhig im Bett verbringen und sich schonen. Da verschaffte ihm tagsüber ausreichend genug Zeit, über sich und seine aktuelle Situation nachzudenken. Abends kamen dann noch seine Frau und Kevin zu Besuch. Sie schauten nach ihm und brachten das nötige Waschzeug, einen Schlafanzug und die lockere Freizeitkleidung mit.

In diesen Tagen hatte Arno zwangsweise genügend Zeit sich mit sich, seiner Ehe und deren Zukunft, seinen persönlichen Verhältnissen und noch vielen andere Dingen zu beschäftigen und darüber

Gedanken zu machen. Einerseits diente der Aufenthalt dazu, sich von der Arbeit und anderem Stress geistig zu erholen. Die aufgezwungene Ruhepause drängte ihn aber auch in massive Zukunftsängste.

„Wie lange werde ich bei der Schnelligkeit und atemberaubenden Veränderungen im Job noch mithalten können? Ist das alles in meinem Leben, was ich in unserer Ehe habe, in meiner Familie erlebe? Soll es das wirklich alles gewesen sein?" Fragen über Fragen.

„Fehlt nur noch, dass ich auch noch in Depressionen verfalle oder einen Burnout erleide, die Modekrankheit, die neuerdings überall verstärkt auftritt", dachte er und das ermunterte oder beruhigte ihn keineswegs.

Der Heilungsprozess dagegen verlief gut und ohne Komplikationen. Was hätte man auch sonst bei einem gut durchtrainierten jungen Mann erwartet. Da Arno sowohl über eine gute Konstitution wie Kondition verfügte, pendelte sich alles schnell ein. Schon einen Tag nach der Operation wurde mit der Behandlung durch einen Physiotherapeuten begonnen, damit die Beweglichkeit der Hand erhalten bleiben sollte. Fünf Tage später konnte Arno nach Hause entlassen werden und dort sich weiter rekonvaleszieren.

Beim Arbeitgeber arbeitete er an einem sehr wichtigen Projekt arbeitete, damit dies nicht in Verzug geriet, wurde eine Verbindung zu ihm nach Hause geschalten, damit er sich von dort einklinken und wichtige Programmierungen durchführen oder Anweisungen geben konnte. Die Arbeit im Home-Office, wie heutzutage, war damals noch nicht gängig. Schon vier Wochen später kehrte er direkt an den Arbeitsplatz zurück, doch nur kurz, denn der schon lange geplante Jahresurlaub schloss sich unmittelbar an.

Ende August trat die Familie ihre Reise mit dem Auto in den Süden an und sie blieben dort bis Mitte September. Südtirol und die Dolomiten waren wieder einmal das Urlaubsziel. Schon die Fahrt dorthin war abwechslungsreich und spannend. Arno hatten die Strecke über den Schwarzwald zum Bodensee gewählt und weiter an Lindau vorbei ins Montafon, dann Richtung Innsbruck und über den Brenner. Selbstverständlich hatten sie unterwegs mehrfach kürzere Pausen eingelegt und sich nebenbei ein gutes Mittagessen gegönnt.

„Eine entspannte Anfahrt zum Urlaubsort und dann auch wieder gemütlich nach Hause, das gehört zu einem Urlaub dazu, das ist schon ein wichtiger Teil davon", behauptete Arno und da hatte er durchaus Recht, was viele aber nicht beachten oder einkalkulieren. Stattdessen rasen sie von A nach B und kommen kaputt vor Ort an oder wenn sie wieder zuhause sind, sind wieder schon wieder urlaubsreif.

Sie hatten um Süden ein günstiges Hotel in Corvara gefunden, einem kleinen Ort in Alta Badia auf 1568 Meter Höhe. In diesem Gebiet spricht man nicht nur latinisch, sondern auch deutsch und das hat den Vorteil, sich nicht mit Englisch bemühen zu müssen oder italienisch aus dem Dixionär.

Vom Urlaubsort aus wollte Arno möglichst viel gemeinsam machen aber durchaus auch die eine oder andere anspruchsvolle Wandertour. Bei den kürzeren Unternehmungen oder Halbtagstouren sollte auch Kevin mithalten können. Mehr würde man das Auto nehmen oder einfach sehen, wie es sich ergibt. Ursprünglich wollte er sogar sein Mountainbike mitnehmen. Das ließ er aber auf Grund der Gegebenheiten besser sein und vermutlich würden die Urlaubstage gar nicht ausreichen, um alle Wünsche verwirklichen zu können.

Das Bergdorf am Fuße des Sassongher-Massivs verfügt über Seilbahn und Sessellift, mit denen die Gäste bequem auf über 2000 Meter Höhe gelangen und auf diese Weise die atemberaubende Berglandschaft der Sellarunde bewundern dürfen. Zu sehen sind bizarre Kalkfelsen, steil aufragende Türme und spektakuläre Felsformationen. Unterhalb reichen die sattgrünen, gepflegten Almwiesen mit blühenden Alpenblumen und duftenden Kräutern bis in die Täler. Gerade ab Ende August ist es in den Dolomiten die ideale Zeit den Urlaub dort zu verbringen. In Baden-Württemberg sind noch Ferien, in Italien sind sie schon zu Ende und deshalb ist das Gebiet nicht mehr so sehr überlaufen. Das Wetter zeigt sich beständig und die Tage werden nicht mehr allzu heiß. Sehr angenehm ist, es fehlt die doch manchmal drückenden Schwüle, wie sie in der heimatlichen Rheineben ist.

Gemeinsam bummelten sie abends gerne im mondänen Cortina d'Ampezzo, fuhren in so berühmte Dörfer wie Wolkenstein im Grödnertal oder Sankt Martin, wagten sich auf engen Straßen und Serpentinen über die berühmtesten Pässe, was manchmal den Magen der Mitfahrer ordentlich strapazierte. Während einem Ausflug kamen sie zum Falzarego-Pass und die Seilbahn brachte sie bequem auf den 2762 Meter hohen Lagazuoi. Die Hochfläche verläuft relativ eben, wodurch auch Christel ohne Mühe eine größere Rundstrecke mitwandern konnte. Beim Kaiserjägersteig kehrten sie um, gingen zurück und hielten dem Bergrestaurant zu. Auf der Sonnenterrasse fühlten sie sich mitten im Geschehen und da es um die Mittagszeit war, bestellten sie sich gleich ein gutes Mittagessen und nebenbei füllten sie den Flüssigkeitspegel auf.

„Lieber gut gegessen, wie erbärmlich getrunken", sagte Wilhelm Busch bei solchen Gelegenheiten, erinnerte Arno an den humoristischen Schriftsteller.

Hinterher begaben sie sich in den kilometerlangen Stollen, der den Besuchern eindringlich zeigte, wie einst einfache Soldaten unter erbärmlichen Verhältnissen ihr Land verteidigen mussten. Es sind zum Nachdenken anregende Relikte aus dem Ersten Weltkrieg und Zeugnisse einer perfiden Ideologie. Jahrelang bekämpften sich Österreicher und Italiener in dieser unwirklichen Gegend und sprengten sich gegenseitig die Berge vor der Nase weg. Das war für Kevin fast schon romantisch und er fand es besonders spannend, sich in den endlosen und manchmal düster wirkenden Stollen zu bewegen, die immer wieder einmal mit Ausblicken unterbrochen waren.

Ein Ausflug mit kurzer Wanderung führte sie mit der Seilbahn auf den 3152 Meter hohen Piz Boe im Sellamassiv. Der Berg gilt als der leichteste Dreitausender in den Dolomiten.

„Ich stehe auf dem ersten Dreitausender!", jubelte Kevin und fühlte sich schon als Extrembergsteiger. Sie hatten von oben eine in die Weite der umgebenden Gipfel, Zacken und Steilwänden der Dolomiten eine beeindrucke Gesamtrundumsicht, nebenbei erfreuten sich an der Vielfalt dieser grandiosen Bergwelt; eine Wonne für das Auge. Im Rifugio Capanna Piz Fassa stärkten sie sich wieder, bevor man die

Seilbahn zur Talfahrt bestieg und wiederum den Niederungen zu schwebte.

Alles in allem empfand die Familie übereinstimmend:

„Das war ein schöner, entspannter Urlaub mit abwechslungsreichen Tagen und gesehen haben wir auch sehr viel", wenngleich die Zeit wie im Fluge vergangen waren. Nicht immer ist es auch zwischen dem Ehepaar - trotz allem gegenseitigen Bemühungen - ganz reibungslos verliefen. Die Harmonie wurde allzu schnell durch Reibereien getrübt. Schon Kleinigkeiten verursachten nicht enden wollende kontroverse Diskussionen und immer wieder schmollte mal einer, dem dies gehörig auf den Keks ging. Zu deutlich war zu erkennen, wie dünnhäutig sie beide in ihrer Beziehung geworden waren. Dabei verhielten sie sich manchmal wie pubertierende Halbwüchsige.

Trotzdem gelangten sie nach diesen Tagen zum Fazit:

„In diesen Tagen waren wir wieder eine richtige Familie. Vielleicht muss man dazu auch in die Berge gehen, wo man zwischendurch alles tief unter sich lassen kann", sprach Christel aus, was auch Arno dachte, und einer war besonders glücklich, das war Kevin ihr Sohn.

„Gell, Mama, Papa, es ist alles gut, ihr vertragt euch wieder", ließ er sich wiederholt vernehmen.

Typische Dolomiten-Motive, eine faszinierende Berglandschaft

10

Erneuter Rückfall in die Krankheit

Erst Wochen später stellte sich leider heraus, dass die Urlaubstage - und die eng miteinander durchlebte Zeit - für Christels psychische Probleme nicht förderlich waren und negative Folgen zeigten. Trotz den entspannten Tagen, der fantastischen, vielseitigen Landschaft in einer grandiosen Natur, sowie den spätsommerlich angenehmen Temperaturen, belastete das Christel rückblickend gesehen mehr als es ihr genützt hatte. Der Psychologe diagnostizierte dies als:

„Überforderung durch perfektionistische Anforderungen an sich selbst." Im Bemühen ohne Streit aufzukommen, dem Mann zu gefallen und dem Sohn eine gute Mutter zu sein, hatte sie sich wieder zu viel zugemutet.

Dem Stimmungsaufschwung während der Urlaubstage folgte ein neues Tief, in das sie in ihrer Gemütslage hineinfiel. Mitursächlich war, Christel hatte wieder einmal bewusst wahrgenommen, wie schön eine intakte Familie sein kann.

„Dass dies nicht mehr so ist, habe ich allein mir zuzuschreiben; meiner verflixten Krankheit. Warum macht mir mein Innerstes, meine Seele so einen Strich durch mein Leben und durchkreuzt meine Lebenspläne?" Vorwürfe durchwühlten ihre Gedanken, bis sich ihr Denken wie Watte anfühlte; wie alles umhüllenden grauen Nebel. Unbewusst oder ungewollt hatten die Gespräche und Diskussionen innerlich die noch nicht verheilten Wunden neu aufgerissen und zehrten wieder an ihrem angeschlagenen Nervenkostüm.

Der Mensch ist eben ein kompliziertes Gebilde. Selbst die enge Anbindung ihres Sohnes, der in diesen Tagen sehr die Nähe seiner Mutter suchte, wühlten sie innerlich auf, wirkten nach und bereiteten oder verstärkten die seelischen Beschwerden. Schuldgefühle breiteten sich aus.

„Ich bin meinem Mann keine gute Frau mehr, ich kann ihm nicht mehr bieten, was er braucht, und meinem Sohn bin ich auch keine gute Mutter." Solche Gedanken zogen sie von Woche zu Woche tiefer, wie in einem Sumpf hinein, in dem man langsam, aber stetig einsinkt und versinkt. Nicht einmal in der Nacht kam sie zur Ruhe.

„Sich als Versager zu fühlen ist der Nährboden für die Depression und Gift für die Seele", sagte man ihr:

„Serotonin und Noradrenalin, die für eine positive Stimmung verantwortlich sind, befinden sich im Ungleichgewicht, das ist die Erklärung der Ursache ihres gegenwärtigen Gemütszustandes."

Tapfer versuchte sie in den folgenden Wochen dagegen anzukämpfen, konzentrierte sich auf ihre Arbeit und suchte darin Abwechslung. In der Freizeit hatte sie das Bedürfnis nach der Nähe zu ihren engsten Freundinnen. Die verstanden sie und alle ihre Probleme noch am besten. Sie traf sich häufig mit beiden oder mal Susanne, dann wieder mit Waltraud. Sie gingen miteinander aus und führten dabei lange Gespräche. Dort konnte sie sich ausweinen und das, was sie belastete, offen sagen; selbst Intimstes.

„Wenn Arno wüsste, was ich manchmal ausplaudere; er würde kein Wort mehr mit mir reden, vielleicht würde er mich sogar schlagen", gestand sie ihnen.

Trotzdem hing Christel nach Wochen wieder so in den Seilen, dass sie nicht mehr das Bett verlassen wollte und wenn sie das tat, dann hatte sie keine Lust und keine Kraft etwas im Haushalt zu tun. Jeglicher Antrieb fehlte ihr. Nicht einmal Appetit stellte sich ein; sie verweilte nur apathisch auf dem Sofa und in wenigen Wochen hatte sie zehn Kilo an Gewicht verloren.

Damit Kevin nicht zu sehr vernachlässigt und auch nicht zur zusätzlichen Belastung wurde, verbrachte er schon seit Wochen bei den Omas Maria und Renate. Maria nahm ihn an einem verlängerten Wochenende, an dem kein Schulunterricht stattfand, sogar zu einem Kurzurlaub nach Oberammergau mit. Dort besuchten sie sogar das in der Nähe befindliche Märchenschloss Neuschwanstein und den Linderhof, die Prachtbauten des bayrischen Königs Ludwig II.

Anstatt in dieser Situation Verständnis zu zeigen, überschüttete Arno seine Frau erneut mit heftigen Vorwürfen. Das Ganze ging ihm einfach zu sehr gegen den Strich und wuchs ihm immer mehr über den Kopf.

„Wir verdienen gut, haben ein schönes Haus, könnten uns inzwischen mehr leisten und nichts haben wir davon. Meine Frau hängt wie ein Jammerlappen herum und so fliegen uns die Jahre davon. Ich kumm mir debi vor wie e'Seggel." (schwaches Schimpfwort für Blödian). Er wurde immer zynischer und zudem ungerecht.

Nur ihre Eltern und die Schwiegereltern kümmerten sich vorbildlich um die Angeschlagene und versuchten ihr zu helfen, so gut das möglich war. Meistens lehnte sie aber selbst das ab und stellte sich gegen jegliche Hilfe quer; sie wollte nur ihre Ruhe haben. Der Hausarzt wie auch der behandelnde Psychologe waren wieder involviert und schon nach kurzer Zeit hatten sie es durchgesetzt, dass Christel erneut eine weitere Reha bewilligt bekam. Diesmal war es die Psychosomatische Fachklinik in Gengenbach, wo ihr geholfen werden sollte. Die Krankenkasse hatte vorerst einmal vier Wochen bewilligt. Das wurde dann um zwei weitere Wochen verlängert, so dass sie insgesamt sechs Wochen im schönen vorderen Kinzigtal sein und zubringen durfte.

Die ersten Tage in Gengenbach verließ Christel das Haus nicht - das war auch nicht erwünscht. Sie musste ermüdende Medikamente einnehmen und dann waren die nervigen Gespräche, die von ihr alle Kraft und Disziplin forderten. Erst nach einer Woche verließ sie für kurze Zeit die Klinik, die etwas oberhalb der Stadt am Berghang gelegen ist, umgeben von endlosen, gepflegten Weinbergen, und sie ging zu Fuß die etwa zwei Kilometer hinab in das Städtchen.

Für das einmalige Ambiente der historischen Altstadt mit vielen, sehr gut erhaltenen und sorgsam restaurierten Fachwerkhäusern, die ein besonderes Flair ausstrahlen; die kleinen, heimeligen Geschäfte und Lokale zum Schauen und Verweilen, hatte sie kein Auge. Sie war zwei Stunden außerhalb und gut. Deshalb sah man sie auch später nicht allzu auf dem Weg hinunter ins Städtle. Direkt bei der Klinik begannen schöne Wege in die Weinberge. Da gefiel ihr besser, hier war sie gerne allein unterwegs und hatte dabei einen freien Blick auf den weiten, offenen Bogen des Flusstales unter sich, durchzogen vom glänzenden Band der Kinzig, dem Fluss, der dem Tal den Namen verlieh.

Das Kinzigtal zieht sich von Lossburg nahe Freudenstadt, bis nach Offenburg hin und weitet sich bei Haslach, wird breiter und die Hänge links und rechts flacher. Rund um Gengenbach und weiter talwärts reifen hervorragende Rot- und Weiß-Weine an den Hängen. Hier fühlten sich schon die Römer wohl.

Auf dem Berg gegenüber - dem „Bergle" - wie es genannt wird, steht die sehenswerte Jakobuskapelle, eines der weithin sichtbaren Wahrzeichen der Stadt. Schon früher diente der Berg den Kelten und Römern als Kultstätte und Kraftort, später wurde es zu einer Station für Wallfahrer, die von Lossburg her auf dem Jakobusweg kommen, der bekanntlich in Santiago de Compostela in Spanien und am Ende der damals bekannten Welt endet. Das aber ist eine andere Geschichte.

Zu dieser kleinen Kapelle, diesem magischen Ort, umgeben von Weinbergen, wanderte Christel gerne hin und empfand den Platz als eine besondere Energiequelle. Der Weg war nicht zu weit, sie konnte sich Zeit lassen und meistens verweilte sie dort auch allein eine halbe Stunde in der Kapelle und betete zu Maria, der Gottesmutter, oder sie vertiefte sich in eines der ausliegenden Gebetsbücher und studierte die Lieder. In manchem der Texte erkannte sie Parallelen ihres Lebens und wurde so erinnert, nicht allein zu sein.

„Vielen geht es ähnlich wie mir, alle müssen durch die Mühsal des Lebens und damit fertig werden." Das empfand sie als angenehmen Trost.

Das war der eine Teil im Rahmen dieser Reha-Maßnahme. Täglich wechselten sich Therapien, Anwendungen und Ruhephasen ab. Das war durchaus sehr anstrengend, den sie musste sich immer sehr konzentrieren und hinter legte sie sich in der Regel für einige Minuten nieder. Den Kontakt zu anderen Patienten versuchte Christel auf ein Minimum zu reduzieren.

„Ich muss mir nicht auch noch den langen Tag über die Krankengeschichten der anderen anhören. Mit mir habe selber genug zu tun", sagte sie einmal bei Gelegenheit zu einem der Psychologen. Ganz ließ sich das aber nicht vermeiden, sie konnten schließlich nicht immer den anderen aus dem Weg gehen.

In den ersten zwei Wochen telefonierte das Ehepaar täglich miteinander und auch Kevin konnte nur am Telefon mit der Mama sprechen. Dabei erzählte er ihr lang und breit, wie es in der Schule war und was er sonst noch erlebt hatte. Der Junge wurde auch in dieser Zeit wieder von einer der Omas versorgt und er wohnte und schlief - der Einfachheit halber - gleich bei den Großeltern. So konnten sie sich besser um ihn kümmern und ihn im Auge behalten; darauf achten, dass er gewissenhaft seine Hausaufgaben erledigte, bevor er danach so manche Stunde am Computer zubrachte. Hier eiferte er seinem Vater nach, vergeudete viel zu viel Zeit beim Spiel und Surfen im Internet. Die Omas liebten ihren Enkel innig und verwöhnten ihn wo es nur ging, sie waren aber trotzdem auch streng genug, wenn es nötig war einzugreifen. Ihnen lag am Herzen, dass Kevin sorgfältig seine Hausaufgaben machte, denn die schulischen Leistungen ließen immer noch zu wünschen übrig.

Nachdem Arno in den letzten Monaten die Verbindung zu Ingrid und anderen Geliebten etwas hatte schleifen lassen, pflegte er in Abwesenheit seiner Frau wieder verstärkt seine Leidenschaft. Gerade mit Ingrid verbrachte er viel Zeit und wunderbare Stunden; nicht nur bei ihr zu Hause, sondern auch aktiv unterwegs. Die junge oder mitten im Leben stehende Frau war noch sportlicher geworden, sie war ungemein ausdauernder und forderte ihn als Mann, und Arno genoss das.

„Herrgott bisch du griffig", balzte er, wenn sie in seinen Armen lag. „Du moch mi gonz wuschelig" (Du reizt mich).

„Awa, moch koi Ferz!" (mach keine Scherze), erwiderte sie und griff mit zart streichelnden Fingern „an edle Teile", dahin, wo er es am liebsten hatte.

Da seine Frau ihm nicht Gleichwertiges mehr bieten konnte, hatte er dabei überhaupt kein schlechtes Gewissen mehr. Seine einzige Sorge war:

„Weder seine Eltern noch die Schwiegereltern mögen auf seine Schliche kommen oder ihm gar zufälligerweise irgendwo gerade in den Weg laufen und in die Quere kommen, wo es nicht angebracht war. Das täte mir gerade noch fehlen", ging ihm öfters durch den Kopf. „Von dieser Seite brauche ich nicht auch noch Stress!"

Bei solcher Abwechslung lebte Arno wieder auf, erwies sich in den Gesprächen - ob allein mit einer der Damen oder im Kreise der Freunde - als witziger und charmanter Unterhalter, dessen Gesellschaft andere sehr gerne gesucht haben. Er zeigte Wirkung auf andere Menschen und hatte nie Mühe, Gespräche in der Runde zu finden oder zu beginnen; dann war er gerne der Mittelpunkt. Seine Gabe war, er konnte jeden Witz auch gut rüberbringen; das kam gut an.

Bei passender Gelegenheit gab er gerne einmal folgenden Witz zum Besten:

„Eine Nonne war mit ihrem Auto unterwegs, da ging ihr unterwegs das Benzin aus. Sie musste zur nächsten Tankstelle 500 Meter ins Dorf laufen, hatte aber keinen Ersatzkanister dabei und der Tankwart hatte auch keinen. ‚Alles, was ich habe, ist ein Bodschamber (Nachttopf), den kann ich ihnen füllen!' Gesagt getan. Die Nonne lief mit dem vollen Gefäß vorsichtig zurück zum Auto, öffnete den Tankdeckel und füllte sorgsam das Benzin in den Tank. Kommt ein LKW daher. Der Fahrer sieht, wie die Nonne mit dem Nachttopf hantiert, wundert sich, kurbelt das Fenster herunter und sagt: ‚Schwester, ihren Glauben möchte ich haben!'" Da fühlte sich Arno wieder als „Hahn im Korb" und bekam von allen Seiten Beifall.

Wenn er in Gengenbach seine Frau besuchte und wissen wollte, wie es ihr geht, was die Therapien bringen, war das, was er über die Ratschläge des behandelnden Psychologen hörte, nicht gerade in seinem Sinne. Nach vielen Gesprächen hatten die Fachleute seiner Frau dringend zur Scheidung geraten.

„Die Ursache der immer wiederkehrenden Depressionen und diffusen Ängste seien eindeutig die ehelichen und nicht wirklich verarbeiteten Probleme. Und so lange diese Ursache - dieser Herd - nicht beseitigt ist, wird keine dauerhafte Gesundung zu erreichen sein", machte man ihr klar - und Christel waren solche Gedanken nicht neu.

Schon länger beschäftigte sie sich innerlich mit der Trennung und wusste, nur so würde sie den inneren Frieden wiederfinden. Sie war von Natur aus nicht egoistisch veranlagt, war sich aber sicher, ihre eigenen Interessen müssen vorgehen, wenn sie noch beschwerdefreie Jahre und Jahrzehnte haben wollte. Nur, sie wusste noch nicht, ob sie das durchsteht und wie sie das Arno und der Familie beibringen soll. Da überwogen vorerst noch jede Menge Unsicherheit und tiefe Zweifel.

In den letzten Jahren hatte sie nur der Sohn, dem sie die Trennung der Eltern nicht zumuten wollte, von der „Ultimo Ratio", der Umsetzung zögern und abgehalten lassen.

„Lieber ein Ende mit Schrecken als ein Schrecken ohne Ende", machte ihr der Arzt deutlich.

„Der Junge ist zwischenzeitlich bald 9 Jahre alt. Da ist er durchaus in der Lage, das seelisch verkraften zu können, wenn sich weiterhin beide Elternteile um ihn kümmern werden. Die Einzelheiten kann man ja durchaus dezidert über das Familiengericht regeln", war der gutgemeinte, nüchterne Ratschlag.

Während Arnos Besuchen, gingen sie zusammen in das Städtchen, bummelten durch den Park und wanderten auf dem Kinzigdamm entlang ein Stück auf und ab. Zum Schluss nahmen sie Platz in einem der Straßencafés. Bei so einer Gelegenheit offerierte Christel ihrem Mann die Meinung des Arztes und wie sie selber inzwischen dazu steht; zu was sie sich entschlossen hat.

Die Botschaft, der Entschluss nahm Arno stirnrunzelnd zur Kenntnis, ohne sich zu diesem Zeitpunkt dazu weiter zu äußern. Befürchtet hatte er das schon länger und - wie schon erwähnt - gedanklich längst die Folgen und Konsequenzen in allen Details mehrfach durchgespielt. Eigentlich war er darauf vorbereitet. Allerdings, er war sich glasklar sicher, dass dies für ihn auf keinen Fall in Frage kommt und er es nicht akzeptieren werde. Dazu war ihm erstens sein Sohn und zweitens sein Haus und was er besaß zu wichtig, um sich das alles kaputtmachen zu lassen.

„Kommt Zeit, kommt Rat", dachte er im Stillen.

„Wie gut, dass niemand in meiner Kopf schauen kann, kein anderer oder andere weiß, was ich wirklich denke." Was er tatsächlich dachte, sagte er seiner Frau natürlich nicht und auch sonst hatte er mit keinem Wort etwas darüber verraten.

Zu Hause nahm er nach der Arbeit oder an freien Tagen - wenn er sich nicht mit einer Frau traf - wieder so oft wie möglich sein Bike und radelte in den nördlichen Schwarzwald. Mal führte in seine Runde über Baden-Baden oder über Bühl, Bühlertal zum Sand und weiter zur Schwarzenbachtalsperre und hinunter ins Murgtal. Ein anderes Mal setzte er sich in sein Auto, fuhr zur Bühlerhöhe und stellte es am Parkplatz unterhalb dem Plättig ab. Von da hatte er die Wahl zum wildromantischen Herrenwieser See zu wandern, zur Badner Höhe, über den Paradiesweg zum Wiedenfelsen oder in Richtung Geroldsauer Wasserfälle und der Yburg. Auch der Hohe Ochsenkopf, Hochkopf und die Hornisgrinde lagen in Reichweite und waren eine Wahl. Individuelle Möglichkeiten gab es also endlos.

Wenn er unterwegs sein konnte, war ihm kein Weg zu lang und schon nicht zu eintönig. Auf den Höhen fühlte er sich dem Himmel so nah. Das waren unbeschwerte Augenblicke, die sich ein Stadtmensch nicht ausdenken kann. Er war in der unberührten Natur, da waren die grandiosen Aussichtspunkte, die Blicke in die endlos scheinende Rheinebene in den Süden und den Norden ermöglichten und darüber hinaus weit ins Elsass und den Höhenlinien der Vogesen. Bei schönem Wetter war sogar die Silhouette des Straßburger Münsters in der Ferne deutlich auszumachen. Zu seiner Büroarbeit bot ihm das den idealen Ausgleich und beim Wandern hatte er - wenn er allein war - genügend Zeit und Muße nachzudenken und sich mit der Zukunft zu beschäftigen, er bekam den Kopf frei.

Die Abwechslung der freien Hochflächen und dichter Bewaldung, die geologischen Naturdenkmäler, Felsen und Findlinge, die ständig sich veränderte Natur hatten es ihm immer schon angetan.

Das entspannte seine Sinne. Bei jedem Wetter sind andere Stimmungen auszumachen und je nach Jahreszeit locken Heidelbeeren und Himbeeren nebenbei zum Naschen. Eine Vielfalt von Pilzen sprießte, ohne dass Arno sich bei ihnen auskannte, deshalb beließ er es beim Betrachten. Farbenbunte Schmetterlinge taten sich an artenreichen Wildblumen gütlich, am Himmel lockte ein Greifvogel und selbst Buntspechte hämmerten weithin hörbar an den Bäumen und suchten Beute.

Schon einmal hatte er stundenlang die im Wald verstreut liegenden Felsen genauer unter die Lupe genommen, die sich zwischen Baden-Baden und dem Renchtal wie die Perlen an der Schnur aneinanderreihen. Sorgfältig erkundete er nun bei einer erneuten Wanderung das Umfeld, die Lage, die Möglichkeiten und ob er auch tatsächlich den bestmöglichen Ort und Platz für sein geplantes Vorhaben ausgewählt hat.

„Wenn es keinen anderen Ausweg mehr gibt, dann muss ich sicher gehen, dass alles nach meinem Vorhaben perfekt abläuft", das war sein fester Wille. Mehr und mehr hatte ein eiskalter, grausiger Plan in seinen Gedanken die Oberhand gewonnen.

Altstadt von Gengerbach

Jakobuskapelle auf dem „Bergle

11

Die Lage spitzt sich zu

Das Ende der zweiten Verlängerungswoche kam unweigerlich und für Christel war es dann auch genug. Damit war die Entlassung verbunden; Christel konnte nach Hause gehen und Arno holte sie zum verabredeten Zeitpunkt in Gegenbach ab. Kaum war sie aber zu Hause, bat sie unverzüglich ihre Eltern und Schwiegereltern für den nächsten Sonntagnachmittag zu einem Gespräch bei Kaffee und Kuchen:

„Sie wolle allen etwas Wichtiges mitteilen", so ihre Botschaft an die Familien. Gleich stellte man vielahnend die Frage:

„Was gibt es, was hat uns die Christel so Wichtiges zu sagen, dass es so pressiert?" Sie verriet aber noch nichts und von Arno erfuhren sie auch nichts. Der konnte sich natürlich denken, worum es gehen würde.

Es sollte eine Aussprache im familiären Kreis werden und natürlich bestand Christel darauf, dass ihr Mann mit anwesend ist. Dagegen war Kevin am Nachmittag mit Freunden unterwegs und das war von der Mutter durchaus so gewollt, denn sie mochte bei dem notwendigen, offenen Gespräch über die gemeinsame Zukunft den Sohn lieber nicht dabeihaben und belasten. Sie konnte ihn später stattdessen besser alleine und unter vier Augen und in Ruhe informieren.

Für den Nachmittag hatte sie alles für den Kaffeetisch vorbereitet und einen feinen Kuchen gebacken. Dazu standen Wein und Bier ebenfalls bereit, sowie eine Flasche Williams, falls jemand danach der Sinn sein sollte. Das alles sollte nach einem entspannten, familiären Plausch aus und die Atmosphäre lockern. Dem war aber beileibe nicht so; das Thema war dazu viel zu ernst.

Im versammelten Kreis kam Christel dann auch schnell auf den Punkt zu sprechen und informierte alle Angehörigen über den dringenden Rat, den ihr der Psychologe während den Behandlungen gegeben hatte und der ihrem eigenen, inzwischen feststehenden Entschluss und Willen entsprach.

„Mir geht - und muss es - meine Gesundheit vor, denn ich habe noch ein halbes Leben und viele Jahre im Beruf vor mir. Deshalb muss ich die Möglichkeiten nützen und psychisch stabiler werden. Ich werde sicher weiterhin und noch lange die Betreuung durch meinen Therapeuten brauchen, muss aber im Umfeld alle Störfelder beseitigen, sonst habe ich keine Chance, wie man mir deutlich klar gemacht hat. Die einhellige Meinung ist, dass es besser geht, wenn ich zukünftig alleine bin, oder eineinhalb, denn Kevin bleibt natürlich bei mir, bis er erwachsen ist und eigenständig wird."

Eindeutig war bei ihrem Denken und Reden der Einfluss des Therapeuten zu erkennen:

„Ich will, ich muss, ich werde…" - für uns und wir schien da kein Platz mehr zu sein.

Sowohl die Eltern als auch die Schwiegereltern waren entsetzt und machten in erster Linie Arno für alles verantwortlich. Schnell artete die Diskussion in heftige Vorwürfe aus. Sie gaben ihm allein die Schuld für die Misere. Beinahe liefen das wirr durcheinander gehende Gerede und alle möglichen Einwände in der Runde aus dem Ruder. Jeder wusste einen besseren Vorschlag und doch wollten alle verhindern, was nun drohend im Raum stand. Und Arno fühlte sich von allen Seiten angegriffen. Jeder schob die Schuld an der gescheiterten Ehe nur ihm allein zu und sie hatten nur Mitleid mit seiner „ach so kranken Frau".

„Jezd isch de Karre hii, un mer kennt graad glaabe, i bin für euch alle nur d'Labbeduddl." (Jetzt ist der Karren verfahren und ich bin für euch der Schuldige; ein hirnloser Mensch).

„Seit Kevin auf der Welt ist und die Depressionen sich eingeschlichen haben, stimmt es in unserer Ehe nicht mehr, weder im Bett noch in der Harmonie. Nichts ist seitdem mehr so, wie es in den drei Jahren vor der Ehe, in denen wir zusammen waren und erst recht in der ersten Zeit danach war. Wenn ich das alles in einer ruhigen Minute überlege, was ich schon mitgemacht habe, biegen sich mir die Fußnägel nach oben", rechtfertige er sich.

„Da lasse ich mir nichts und von niemand etwas anhängen; hätte mir meine Frau das gegeben, was ich brauche, hätte ich keine Abwechslung außerhalb suchen müssen", konterte er mit ungewohnter Spannung in der Stimme. Seine Verärgerung war deutlich zu spüren und die Aussprache endete darin, dass er sich von beiden Elternteilen lautstark verbat, über ihn zu urteilen. Die Diskussion ergab noch eines zum anderen, nur sie kamen auf keinen Nenner mehr.

Allen war am Ende nach dieser unschönen Offenlegung sämtlicher Probleme klar, dass man das nicht wirklich als harmonischer Nachmittag bezeichnen konnte und was bis dahin noch an Empathie bestand, ging endgültig verloren. So wie es einmal war, wird es nie wieder sein. Zu viel Porzellan war inzwischen zu Bruch gegangen.

Nach diesem denkwürdigen Treffen gingen vierzehn Tage ins Land. Inzwischen hatte Christel eine Rechtsanwältin eingeschaltet, die alles für die Scheidung in die Wege leiten sollte. Sie riet ihrer Mandantin im ersten Schritt aus der gemeinsamen Wohnung auszuziehen. Das tat Christel dann auch und zog vorläufig zu ihren Eltern, bis sie eine geeignete Wohnung gefunden haben würde. Kevin war ja eh noch bei den Großeltern und er blieb vorerst auch dort.

Ihren Sohn hatte die Mutter kurz nach dem bewussten Nachmittag auch informiert und er hatte dann von allen Beteiligten die größten Probleme mit der neuen Situation. Er litt sehr darunter, weinte und gab sich bockig. Er wollte es einfach nicht wahrhaben, dass seine Eltern sich trennen wollen. Mal redete er mit der Mutter - der er hauptsächlich die Schuld gab – zeterte und murrte, dann suchte er den Kontakt zum Vater und versuchte bei ihm das Rad zu drehen, doch die Sache war weitgehend entschieden.

Bei Arno ging ein mehrseitiges Schreiben der Rechtsanwältin ein. Ausführlich waren darin die Forderungen seiner Frau aufgelistet und als er das durchlas, flippte er völlig aus. Obwohl in geschäftlichen

Dingen bewandert, wurde ihm nicht bewusst, dass das Maximalforderungen sind und noch lange nicht entschieden ist. Am meisten ärgerte ihn die Forderung, dass der Sohn bei der Mutter bleiben soll. Als Grund wurden die ehelichen Verfehlungen ins Feld geführt, und dass der Vater nicht in der Lage sei, seinem Sohn ein gutes Vorbild zu sein. Zwischen den Zeilen las er heraus, dass seine Fähigkeiten in der Erziehung angezweifelt wurden und sein sittliches Verhalten auf den Sohn negative Auswirkungen haben würde.

„Dass eine Psychopatin besser in der Lage ist, meinen Sohn recht zu erziehen, ist der Gipfel. Das schlägt dem Fass doch den Spunden raus", giftete er.

Das mögen juristische Spitzfindigkeiten sein. Ihn machten sie wütend und er warf das Schreiben kurzerhand in den Mülleimer. Mit deutlich erhöhtem Puls setzte er sich in sein Auto und fuhr stundenlang ziellos kreuz und quer durch die Rheinebene. Zuletzt kam er nach Plittersdorf, einem kleinen Dorf, das direkt am Rhein ist. Dort stellte er das Auto ab und wanderte - oder er rannte eher - auf dem Rheindamm Kilometer rauf und runter. Am liebsten hätte er sich in das Wasser geworfen.

Alle, mit denen er hinterher sprach, rieten ihm dringend, ebenfalls einen Rechtsanwalt einzuschalten, sonst habe er keine Chance einigermaßen seine Rechte durchsetzen zu können. Das wollte er aber nicht; da stellte er sich stur. Ich will mich nicht scheiden lassen und brauche deshalb auch keinen Rechtsanwalt. Das kostet nur unnötig Geld. Die Rechtsanwälte sind nur aufs Geld aus und sie gewinnen immer, egal wie die Sache ausgeht und wer am Ende Recht bekommt.

Diese Haltung war natürlich nicht klug. Schon allein um Verhaltenshinweise zu bekommen oder Minderung an ihn ergehende Ansprüche wäre die Einholung von fachmännischem Rat sinnvoll gewesen. Sich nur in Wut und Rage zu ergehen, brachte wirklich nichts. Das einzige richtige, das er an diesem Tag noch tat, war bei Ingrid einzukehren. Sie konnte ihn ein wenig herunterholen und wieder etwas ins seelische Gleichgewicht bringen. Er hatte sie von unterwegs angerufen, so dass sie vorbereitet war, und sie verschaffte ihm tatsächlich einen entspannten Abend. Bei ihr blieb er danach in der Nacht. Längst stand bei ihr ein Becher mit Zahnbürste und Zahnpasta. Einen Pyjama brauchte er dagegen nicht. Von dort ging er am Morgen auch zum Arbeitsplatz und an diesem Tag nahm er sich zwei Tage Auszeit, um Abstand von den unschönen Dingen zu finden. Das warum und wozu verriet er in diesem Zusammenhang nicht. Das würden seine Chefs und Kollegen noch früh genug erfahren.

12

Die Trennung wird vollzogen

In den darauffolgenden Wochen wurde Arno fast täglich mit irgendwelchem umfangreichen und ihm lästigen Schriftverkehr bombardiert. Die Rechtsanwältin stellte Anträge und eine Forderung nach der anderen und auf der anderen Seite verweigerte Christel ihrem Mann den Kontakt zum Sohn. Weitere Breitseiten wurden von den Schwiegereltern abgefeuert, die den Schwiegersohn mit gehässigen Bemerkungen traktierten. Allerdings, Kevin war schon selbständig genug und er traf sich heimlich mit dem Vater. Von ihm hörte Arno, wie überall gegen ihn massiv agiert wurde und man allerhand negative Dinge ins Feld führte. Das trug keinesfalls dazu bei, ihn ruhig schlafen zu lassen.

Nach wie vor weigerte sich Arno einen Rechtsanwalt zu nehmen und er ignorierte sämtliche Gesprächsangebote, was sich nicht positiv auf den Verlauf der Dinge auswirkte und mit Sicherheit auch zu dem erwähnten Verhalten der anderen Seite ein gerütteltes Maß Teil beitrug. Doch Arno sah einfach nicht ein, dass ein Großteil der Schuld bei ihm lag, im Gegenteil, er fühlte sich am Nasenring gezogen und zum Buhmann gestempelt.

Eine willkommene Abwechslung und damit verbundene Ablenkung brachten ihm eine notwendige Geschäftsreise nach Philadelphia in den USA, die im Rahmen eines wichtigen Projektes nötig wurde und für das er verantwortlich zeichnete. Die Reise dauerte drei Wochen und das brachte ihn vorläufig auf andere Gedanken. Das Projekt konnte er erfolgreich abschließen und das seiner geschundenen Seele gut. Außerdem nutze er die Tage, um in der Freizeit Land und

Leute kennenzulernen und auch seine englischen Sprachkenntnisse zu verbessen.

„Unter anderen Vorzeichen hätte ich mir durchaus einige Jahre auf dem amerikanischen Kontinent leben und arbeiten vorstellen können. Sakrament, und noch einmal, mein Weib hat mir alle Möglichkeiten und Pläne gehörig versaut."

Wieder zurück und zu Hause holten seine Probleme mit voller Wucht wieder ein. Es gelang ihm aber heimlich seinen Sohn zu treffen und mit ihm vereinbarte er - ohne dass die Mutter etwas davon wissen durfte - einen Ausflug in das Cité de l'Automobile [9]) in Mulhouse zu machen, in das weithin bekannte und berühmte Bugatti-Automuseum im südlichen Elsass. Sie befuhren ins südliche Elsass die französische Autobahn, passierten Straßburg, kamen an Colmar vorbei in die zweitgrößte Stadt des Elsass.

In dem gut bestückten und weitläufigen Museum - dem größten Automobilmuseum der Welt - mit unzähligen, hochwertigen Exponaten, und dort verbrachten sie vier kurzweilige Stunden. Für seinen Filius war jedes der alten Autos höchst interessant und er konnte nicht genug Informationen bekommen. Mit seiner von den Großeltern erhalten neuen Digitalkamera machte er unzählige Fotos, bis die Speicherkarte voll war – und zu seinem Bedauern hatte er keinen Ersatz. Zudem war er sehr glücklich, dass er einen ganzen Tag allein mit seinem Vater unterwegs sein zu durfte. Dem folgte ein Tüpfel auf dem I, auf dem Rückweg machten sie einen Umweg und besuchten den Pearl-Outlet-Shop in Auggen. Der Shop im bekannten Markgräfler Weinort, südlich von Freiburg gelegen, war bekannt als ein Mekka für Computerfreaks. Dort durfte Kevin Programme für sein Nintendo und den Computer auswählen. Hinterher speisten sie preiswert im Bistro, nichts spektakuläres, nur Hähnchenschlegel mit Pommes Frites, es schmeckte beiden aber köstlich und ersparte später das Abendessen.

Was sie machten und wo sie waren, das erfuhr die Mutter natürlich später doch und das hatte Arno durchaus gewollt provoziert. Wieder traf ein giftiges Schreiben der Rechtsanwältin ein, die ihm mit

---

[9]) https://www.musee-automobile.fr/de/

rechtlichen Maßnahmen drohte, wenn Arno noch einmal den Sohn ohne Absprache und Genehmigung der Mutter treffen sollte.

„Die Giftspritze kann mich mal", reagierte Arno und das Schreiben landete wieder, wie viele zuvor, im Papierkorb.

Längst hatte Arno die Hoffnung aufgegeben, dass sich alles doch noch zum Guten wenden würde und einigermaßen in seinem Sinne ausgeht. Nachgeben und gute Miene zum bösen Spiel machen, das kam für ihn nicht in Frage. Die Situation brachte Arno innerlich aber jedes Mal zur Weißglut und sie bestärkten seinen Entschluss nun alsbald umzusetzen, was er schon lange sorgfältig geplant und vorgesehen hatte.

Wegen der Geschäftsreise in die USA hatte er zahlreiche Überstunden auf dem Konto angesammelt und somit konnte deshalb gut zwei Tage frei nehmen. Das tat er und schon morgens fuhr er statt nach Karlsruhe, mit dem Auto wieder einmal in südlicher Richtung zur Schwarzwaldhochstraße und parkte nach einer Stunde Fahrt über Baden-Baden beim Freizeitzentrum am Mehliskopf. Dort parkte er, holte den Rucksack aus dem Kofferraum, in dem er eine Flasche Mineralwasser eingepackt hatte, zog die Wanderschuhe an und folgte zügig dem markierten Weg hinunter zum Wiedenfelsen und von dort ging er ohne Pause - oder zum Aussichtspunkt auf dem Felsen zu gehen - über die Gertelbach-Wasserfälle, die in diesen Tagen ungewöhnlich viel Wasser führten und deshalb besonders beeindruckend wirkten, nach unten. Über steinige Treppen und einen wurzelbewachsenen Pfad, teils mit Geländern gesichert, kam er zum Wiedenbach-Parkplatz oberhalb von Bühlertal. Dort bog er links ab, wanderte am Waldrand bergauf, bis er auf den Weg vom Hundseck zum Immenstein stieß. Diesem Weg folgte er zum Sickenwälder Horn und kam über den „Hinteren Wasserstichweg" zum Hundseck. Viele Stunden war er so unterwegs und nun hatte er längst eine Pause verdient. Sein Puls ging hoch und er hatte zwischendurch gut durchschnaufen müssen, denn der lange, stetige Aufstieg ging ihm doch gehörig auf die Puste, auch wenn er im Allgemeinen über eine sehr gute Kondition verfügte.

Im Restaurant beim Hundseck bestellte er sich eine Apfelsaftschorle und ein deftiges Vesper. Das verzehrte er in Ruhe und dabei erholte sich wieder. So gut, wie er durchtrainiert war, gaben ihm die wenige Minuten die Kräfte wieder zurück und er fühlte sich erholt und konnte danach gestärkt weitergehen. Flott nahm er den Rucksack wieder auf und wanderte zügig auf dem Mannheimer Weg zurück nach Sand und weiter zum Parkplatz. Sorgfältig hatte er auf seinem kilometerlangen Marsch das Gelände eruiert und sich besonders die schwierigsten Abschnitte und felsigen, dichtbewachsenen Hänge eingeprägt. Sein Plan nahm immer konkretere Konturen an.

Zufrieden setzte er sich nach der Ankunft in sein Auto und fuhr zum Mummelsee. Im Hotel am sagenumwobenen See checkte er für eine Übernachtung ein. Im und ums Hotel ist tagsüber ein unglaublicher Rummel, gegen Abend hatte sich das aber gelegt. Die zahlreichen Tagesausflügler waren weg, es war ruhiger im Haus geworden und das zeigte sich längst auch nicht ausgebucht. Nur wenige Urlauber und einige Wanderer, die sich auf dem Westweg von Pforzheim nach Basel befanden, übernachteten hier. Die Nacht wurde für ihn trotzdem unruhig. Er konnte nicht einschlafen und wälzte sich stundenlang im Bett hin und her. Zuviel beschäftige ihn in seiner verzwickten Situation. Etwas gerädert stand er deshalb am Morgen auf, bediente sich zum Frühstück am Buffet und ließ sich lange Zeit. Erst um 10 Uhr brach er auf und wanderte auf dem Westweg-Abschnitt, der westlichen Seite zum Rheintal, zur Hornisgrinde hoch. Nach einer kurzen Pause überquerte er die Hochfläche und stieg danach um Ochsenstall ab. Dort nahm er den staubfreien Karl-Reymann-Pfad, ging nach Unterstmatt und weiter zum Mehliskopf und im letzten Teil zum Plättig. Dort wartete er auf den nächsten Bus und ließ sich zum Mummelsee bringen, wo sein Auto stand. Nach der Ankunft erledigte er sich des Rucksacks und seiner Wanderschuhe und schlüpfte in bequeme Sandalen. Entgegen seiner ursprünglichen Absicht übernachtete er doch noch einmal im Mummelsee-Hotel. Es war doch später geworden, als er gedacht hatte, aber zu früh, dass er schon nach Hause hätte fahren wollen.

Erst am anderen Morgen fuhr er nach dem Frühstück die Schwarzwaldhochstaße wieder zum Plättig zurück. Den Parkplatz für die Wanderer und Ausflügler am Plättig kannte er schon zu genüge. Von dort schwärmen viele in alle Richtungen und auf kürzere oder größere Stecken aus. Vis à vis steht die Marienkapelle auf dem Marienfelsen, die immer Besucher anzieht. Diese Kapelle wurde in den 50er Jahren des letzten Jahrhunderts von Adenauer initiiert und später von seinem Sohn Monsignore Dr. Paul Adenauer geweiht. Bei der Kapelle endet der Briefträgerweg, ein schmaler, wilder Pfad, der von Bühlertal herkommt und den er bis zum Eulenfelsen schon erkundet hatte. Der Weg verläuft unterhalb der Falkenfelsen und Herta-Hütte, wohin ein Pfad abzweigt.

Über dem Bergkamm geht es hinunter zum Waldgasthaus Kohlbergwiese, das an schönen Tagen zahlreiche kleine und große Wanderer zur Einkehr einlädt. Für die Kleinen ist es deshalb so interessant, weil sich dort ein Spielplatz befindet. Oberhalb verläuft in der Horizontale ein fast ebener Waldweg, an dem die Unholdfelsen liegen, kurz danach kommen die Blockfelsen „Unter der Bühler Höhe" und einen Kilometer weiter die Schägfelsen. Diese Felsenformationen liegen alle auf Linie in einer Höhe von etwa 700 Meter.

Das urwüchsige, wilde Waldgebiet ist geprägt von mächtigen, wie von einer Riesenhand ins Gelände geworfenen Felsen aus hartem Granitgestein und riesigen Findlingen, bei denen leicht der Eindruck entsteht, das fragile Gebilde nur anstoßen zu müssen und dann donnert so ein Brocken wie eine urgewaltige Walze alles zermalmend ins Tal. Andere Felsen stehen wie wehrhafte Burgen oder unüberwindbare Barrieren im undurchdringlichen Dickicht des Waldes.

Je nach einfallendem Tageslicht bilden sie eine mystische Kulisse. Hinter jedem Stein, in den engen Spalten und tiefen Löchern scheinen Gnome und Dämonen zu lauern oder ein finsterer Waldgeist hält sich verborgen und will die Wanderer erschrecken. Dann fehlen nur noch die herbstlich wabernden grauen Nebelschwaden und die Kulisse eines gespenstischen Bildes wäre perfekt. Vielleicht liegt auch irgendwo versteckt zwischen den Steinen noch eine Kreuzotter in der wärmenden Sonne.

Viele dieser Wege ist einst Bundeskanzler Adenauer auch schon gelaufen. Während seiner Regierungszeit machte er im berühmten Schlosshotel Bühlerhöhe mehrfach Urlaub. Der Gebäudekomplex mit riesigen Ausmaßen ist deutlich vom Rheintal auszumachen. Die erwähnten Felsen „Unter der Bühler Höhe" liegen nur einen Steinwurf direkt unterhalb des mächtigen Bauwerks.

Während Arno diese Wege langsam entlang schlenderte, war er mit sich im Reinen. Immer wieder drehten sich seine Gedanken wie in einer Endlosspirale im Kreis:

„Nein, Chipsi, du nimmst mir nicht unseren Sohn und auch nicht mein Haus!" Seinen Plan hatte er in allen Einzelheiten durchdacht und jetzt war er entschlossen ihn umzusetzen.

Während er so mit sich endlose Gespräche führte und gedankenverloren auf dem Briefträgerweg zu Tal marschiert ist, kam er schon unversehens am Ortsrand von Bühlertal an. Von da aus war es noch gut einen Kilometer zur nächsten Bushaltestelle. Wieder wartete er auf den nächsten Bus, stieg ein und fuhr zum Sand hoch und von dort liefert er die kurze Distanz zum Plättig. Die gesamte steile Strecke mit den endlos vielen Treppen an den Wasserfällen hoch zum Wiedefelsen und dann weiter zum Sand oder dem Paradiesweg entlang zum Plättig laufen, das war ihm an diesem Tag doch zu viel, lieber wollte er es sich bequem machen.

Zurück beim Auto trank er die Wasserflasche leer, verstaute den Rucksack im Kofferraum und begab sich jetzt aber endgültig auf den Heimweg. Er fuhr aber nicht über Baden-Baden, sondern zurück bis zur Abzweigung von der Schwarzwaldhochstraße und über Sasbachwalden nach Achern zur Autobahn. Zufrieden gönnte er sich zu Hause ein Weizenbier, vesperte etwas und legte schließlich vor dem Fernseher die Füße hoch und schlief während dem laufenden Programm ein.

Dafür konnte er später im Bett nicht mehr einschlafen. Genervt verließ er schließlich das Bett, setzte sich mit einem Glas Rotwein an den Computer und recherchierte im Internet nach nicht rezeptpflichtigen Schlaftabletten, sie sollten jedoch eine ausreichend starke Wirkung haben. Solche fand er bei einem ausländischen Arzneimittelanbieter und da bestellte er zwei zwanziger Packungen und ließ sich diese auf dem Postwege zuschicken.

Die nächsten Tage waren angefüllt mit zeitraubender Arbeit und Besprechungen im Rahmen seines Projektes. Alles sollte so normal wie möglich wirken und zudem brachte ihn da auf andere Gedanken und lenkte ab. Viel verloren ging nicht, denn das Wetter zeigte sich herbstlich, es war nasskalt und ungemütlich; der bevorstehende Winter ließ sich schon erahnen.

In der Freizeit konnte oder wollte er draußen bei diesen miesen Bedingungen nichts unternehmen. Stattdessen traf er sich wieder einmal mit Ingrid und verbrachte bei ihr schöne Stunden, die ihn für die belastenden Tage voll entschädigten. Ingrid wusste von der aktuellen Misere und tat alles, um ihrem Liebhaber bei ihr den Aufenthalt zu versüßen.

Wieder einmal hatte er sich telefonisch angemeldet und ihr gesagt, dass er gegen 18 Uhr vorbeikommen will und sie stimmte freudig zu und entsprechend begrüßte sie ihn dann auch. Zuerst hatte sie ein feines Abendessen bereit. Eine Flasche Moët Champagner stand ebenfalls bereit und zum Essen gab es später einen guten Affentaler Spätburgunder. Sie ließen sich beim Genuss des hervorragenden Essens viel Zeit und Arno gab sich wieder gewohnt witzig und charmant; so wie immer. Auch sie sollte von seinem Vorhaben nichts ahnen.

„Kochen kannst du, das muss man dir lassen", lobte Arno, drückte die Frau innig an seine Brust und küsste sie auf die Stirne.

„Dafür hätte dich früher jeder Mann geheiratet. Da fällt mir auch gerade ein Witz ein", sagte er süffisant.

„Eine Schwäbin erwarte die Heimkehr ihres Mannes. Als er endlich angekommen war und in der Wohnung stand, verriet sie ihm: ‚kocht han i nix, guck ab'r, wie i do lieg!' (Gekocht habe ich nichts, schau aber, wie ich da liege). Das war ein Impuls zum anderen Vergnügen überzugehen. Aufregende Augenblicke im Bett folgten und hinterher blieb Arno gleich bei ihr da und übernachtete bei ihr.

In der Trennungssache wurde es nicht besser. Arno ignoriere nach wie vor sämtliche Schreiben und er suchte weder Kontakt zur

Rechtsanwältin noch zu seiner Frau. Da half kein gutes Zureden seiner Eltern und keine Ratschläge seiner wichtigsten Freunde, die es nur gut meinten. Er reagierte nur gereizt und ablehnend.

Einzig mit Kevin traf er sich mehrmals und fuhr jeweils einige Stunden mit ihm durch die Gegend oder sie besuchten den Media-Markt in Karlsruhe, bummelten mal in der Postgalerie in der Innenstadt oder längs der Kaiserstraße, wo es viele Restaurants und Imbissmöglichkeiten gibt. Bei diesen Gelegenheiten erfuhr Arno immer von dem unbedarften Jungen was wieder zu Hause gegen ihn ausgeheckt wurde, was sie dort so über ihn redeten und lästerten, soweit Kevin dies überhaupt mitbekam – doch von vielem verstand er noch zu wenig oder auch gar nichts, er begriff den Hintergrund nicht oder die Bedeutung.

13
Das Verhängnis nimmt seinen Lauf

Seit Tagen schon lag dichter Nebel im Rheintal und kein Sonnenstrahl traf den Boden. Das schlug den wetterempfindlichen Menschen gehörig aufs Gemüt. Dagegen schien auf den Höhen die Sonne angenehm vom azurblauen, makellosen Himmel und zauberte eine stimmungsvolle Herbstlandschaft mit beeindruckenden Rot-, Relb- und Braunfärbungen. Das war zum Hinknien schön.

„Wieder so eine typische Inversionswetterlage, wie es häufig im Rheintal in dieser Jahreszeit anzutreffen ist", hörte man allerorten in der Ebene klagen. Dementsprechend strebten viele Rentner der Höhe zu, und Urlauber oder andere, die nicht arbeiten mussten. In Scharen wanderten die Sonnenhungrigen über die weite Hochfläche der Hornisgrinde und manche pilgerten weiter zum Mummelsee und Ruhestein. Das gleiche Bild zeigte sich am Schliffkopf, der Badner Höhe oder den anderen Tausendern der Region und im Nationalpark Nordschwarzwald. Zahlreiche Menschen verbrachten dort oben im Sonnenschein einen schönen Tag und tankten Vitamin D.

Unabhängig vom Wetter hatte Arno seinem Sohn versprochen, etwas zu unternehmen. Er hatte ihm gesagt, dass er mit ihm am Samstag zum Freizeitzentrum am Mehliskopf fahren will. Da sollte er Gelegenheit haben, rasant auf der Sommerrodelbahn abfahren zu dürfen und sich hinterher sollte er sich auf der Hüpfburg austoben dürfen. Entgegen seiner Gewohnheit und Dickköpfigkeit informierte er dieses Mal im Vorfeld bewusst seine Frau und sagte zu, Kevin am Abend zurückzubringen. Christel wollte und konnte nicht nein sagen, wenn sie schon einmal offiziell um Erlaubnis gebeten wurde.

Um 10 Uhr traf Kevin beim Vater ein. Er hatte einen kleinen Rucksack dabei mit einem Vesper eingepackt, das ihm extra die Oma Maria eingepackt hatte. Freudig stürmte er auf den Vater zu:

„Ich habe mich so sehr auf diesen Tag mit dir gefreut", jubelte er und Arno gab es gleich einen Stich ins Herz. Es wurde ihm fast übel und kurz kam er innerlich ins Grübeln und überlegte, ob er nicht doch von seinem Vorhaben absehen sollte. Dann verwarf er aber schnell wieder alle Bedenken.

„Nur jetzt nicht schwach, keinesfalls sentimental werden, ich muss entschlossen bleiben".

Aus dem Kofferraum holte Arno eine volle Trinkflasche und reichte sie seinem Sohn mit der Bemerkung:

„Zum Mineralwasser habe ich ein isotonisches Getränkepulver hinzugegeben, das gibt dir zusätzliche Energie für den Tag." Damit wollte er vorsorglich Bedenken entgegenwirken, wenn Kevin einen Beigeschmack feststellen sollte, denn tatsächlich hatte er ein starkes Schlafmittel dem Wasser beigemischt.

Sie fuhren auf der Autobahn im dichten Nebel gen Süden bis zur Ausfahrt Baden-Baden, wechselte auf den vierspurigen Zubringer in die Stadt und durchqueren sie. Im üblich stockenden Verkehr kamen sie nach Lichtental und Geroldsau, dann weiter auf der B 500 - der Schwarzwaldhochstraße ins Höhengebiet. Oberhalb vom Zimmerplatz wurde es plötzlich hell. Die Nebelsuppe lichtete sich und die Sonne brach prachtvoll hindurch. Sie verzauberte den Laubwald in bunte, herbstliche Farben.

Bald passierten sie den Schwanenwasen und kurz danach bog Arno nach links in einen Seitenweg zur stillgelegten und wie verwunschen stehenden rustikalen Bernhardushütte. Die einst gut frequentierte Wanderhütte steht rund zweihundert Meter weiter nahe dem Waldrand. Der Blick auf einer Seite fällt auf eine offene und von hohen, alten Bäumen umsäumte Waldwiese. Dort parkte Arno an einer geeigneten Stelle, öffnete den Kofferraum und holte eine Decke aus dem Wagen. Diese breitete er sorgfältig sie am Waldrand aus, wie zum Picknick und sie nahmen darauf Platz. An Kevin gewandt sagte er:

„Wir pausieren hier erst einmal und vespern etwas; komm, setz dich zu mir. Hier sind wir ungestört und wir haben viel mehr Platz als dort, wo sich die Massen tummeln. Am Mehliskopf ist mir der Rummel zu groß. Nun erzähl mir aber, wie es in der Schule geht und was es sonst noch zu Hause gibt."

Arglos setzte sich Kevin zum Vater, erzählte munter drauf los und holte aus dem Rucksack eines der in Aluminiumfolie eingepackten belegten Brote und begann mit Appetit zu essen.

„Einen gesunden Appetit hast du wohl immer", meinte der Vater.

„Ja, besonders wenn es Brote von der Oma sind und die sind besonders gut, denn es ist Nutella drauf, hm, lecker", antwortete Kevin. Und während er von zu Hause, der Schule und seinen Freunden berichtete, trank er zwischendurch kräftig aus seiner Wasserflasche, die ihm der Vater gegeben hatte.

Von diesem Augenblick an dauerte es keine 10 Minuten und der Junge war in einen tiefen Schlaf versunken. Schnell packte Arno alle Sachen zusammen, sorgfältig darauf achtend, keinerlei Spuren zu hinterlassen, und verstaute alles ins Auto. Dann trug er den Sohn zum Auto und legte ihn auf der Rückbank nieder. Immer wieder prüfte er, ob ihn nicht zufällig jemand sehen könnte, ob irgendwo Personen in der Nähe wären. Von der Hütte aus war der Platz wegen der Bäume und Büsche schwer einsehbar. Doch keine Menschenseele war an diesem Morgen weit und breit auszumachen oder um diese Zeit unterwegs. Selbst in der nur einen Steinwurf entfernten Hütte herrschte Ruhe.

„Da tut sich schon lange nichts mehr, ich glaube, sie ist inzwischen dauerhaft geschlossen und wird dem Verfall preisgegeben." So genau wusste es aber nicht, deshalb überlegte er nicht lange weiter und verließ eilends den Platz.

Bisher ist alles in seinem Sinne und genau nach seinem Plan gelaufen. Dann startete er, wendete das Auto, fuhr zurück auf die B 500 und hoch in südlicher Richtung zum Plättig. Dort beim Parkplatz unterhalb verließ er die Schwarzwaldhochstraße wieder, bog nach rechts auf den nicht geteerten Fahrweg ein, der hinunter zum Waldgasthof Kohlbergwiese führt. An diesem auf den Höhen sonnigen Tag waren im schattigen Wald keine Wanderer auszumachen. Wer extra wegen dem Nebel im Tal auf die Höhe gefahren war und die Sonne suchte, der wanderte lieber weiter oder an anderen Stellen auf waldfreien Wegen im wärmenden Sonnenschein und nicht im feuchtdunklen Wald.

Langsam rollte der Wagen talwärts und Arno hielt nach der vor Wochen schon ausgespähten Abzweigung Ausschau, wo er auf einen Nebenweg abbiegen konnte. Nach etwa zweihundert Meter passierte er den links liegenden großflächigen Platz mit Hinweistafel: „Falkenfelsen", von wo die Pfade zum Eulenstein, Falkenfelsen und Herta-Hütte führen.

„Da wäre gut zu parken", überlegte er spontan, „…doch nein, hier kommen möglicherweise Wanderer oder Autos vorbei, das ist also nicht ideal." Somit fuhr er weiter, bis er den günstigeren Weg ausmachte. Diesem folgte er langsam und vorsichtig fahrend, bis er sich außer Sichtweite des Hauptweges wusste, hielt dann an und stieg aus.

Zuerst inspizierte er sich vorsichtig umschauend den Weg, ging etwas weiter aufwärts und wieder zurück, woher er hergekommen war und sondierte erneut die Lage; vergewisserte sich, dass wirklich kein Mensch sich in der Nähe befindet. Dazu lauschte er angespannt, ob eventuell Stimmen zu vernehmen sind. Es war absolut nichts Verdächtiges auszumachen, nur schreiende Krähen waren zu hören.

Zurück im Auto setzte sich Arno auf die Rückbank zum tief schlafenden Sohn und drückte ihm so lange ein Tuch aufs Gesicht, bis er kein Lebenszeichen mehr verspürte. Dabei heulte er wie ein Schlosshund. Sein Herz klopfte ihm bis zum Hals; der Puls raste und hämmerte an den Schläfen. Schon fürchtete er, es werde ihm übel.

„Gott möge mir meine Tat verzeihen", seufzte er: „aber ich lasse nicht zu, dass mir irgendjemand meinen Sohn wegnimmt. Wenn schon, dann soll ihn niemand haben und was man mit meinem Haus und dem was ich habe, was ich besitze, hinterher macht, ist mir egal. Nach mir die Sintflut."

Schon lange stand sein Entschluss fest, an diesem Tag auch seinem Leben ein Ende zu setzen. Das war seine „Ultima Ratio"; sein längst feststehender Plan und den setzte er nun - nicht eiskalt und auch nicht gefühllos - aber konsequent um. Nicht einmal sein schlechtes Gewissen konnte ihn noch daran hindern oder abhalten zu tun, was er seiner Meinung nach, tun musste. Er zwang sich nicht weiter darüber nachzudenken. Immer wieder hatte er sich eingeredet:

„Mir geschieht Unrecht; man will mir alles nehmen was mir wert und wichtig ist." Der Teufelskreislauf in seinem Denken forderte nun unbarmherzig seine Opfer; er war felsenfest überzeugt, dass es richtig ist, was er tut.

Nach der Tat verließ er das Auto, lief erneut den grasigen Weg auf und ab, spitzte die Ohren, ob jetzt Geräusche zu vernehmen sind, die auf Menschen schließen ließen oder knisterndes Laub auf nahende Schritte. Nichts war zu sehen, nichts zu hören, außer dem Rauschen der Bäume und in der Ferne immer noch das hässliche Krähen einiger Raben.

Schnell hob er nun mit beiden Händen den leblosen Körper aus dem Wageninnern und verbrachte ihn in den Kofferraum. Noch war es gerade um die Mittagszeit und die Sonnenstrahlen schienen verspielt durch die im Wind sich leicht bewegten Bäume. Für sein weiteres Vorgehen wollte er lieber so lange abwarten, bis es dämmrig ist und man beruhigt annehmen durfte, dass in diesem Gebiet niemand mehr oder weit und breit kaum noch ein Wanderer oder Spaziergänger unterwegs sein wird.

Etwas außer Atem fiel er in den Autositz, startete Minuten später, ließ das Auto rückwärts auf dem schmalen Waldweg zur Verbindungsstraße zurückrollen und fuhr hoch zum Plättig. Einige hundert Meter weiter in Richtung Sand wusste er auf der linken Straßenseite der Schwarzwaldhochstraße einen Parkplatz mit Sitzbänken. Dort parkte er so weit wie möglich abseits, fuhr den Beifahrersitz zurück und nach unten, legte sich flach nieder, damit ihn möglichst niemand sehen konnte und er so unauffällig blieb. Sollte jemand zufällig an seinem Auto vorbeilaufen, musste es danach aussehen, dass hier ein Autofahrer eine Mittagsrast macht oder eine Pause einlegt und sich einen kurzen Schlaf gönnt.

Unendlich langsam vergingen die nächsten Stunden; sie kamen Arno wie eine Ewigkeit vor. An Schlaf war keinesfalls zu denken. Zu sehr hatte ihn die Sache und Tag innerlich aufgewühlt und der Puls raste immer noch. Tausende Gedanken wirbelten in einer Endlosschleife durch seinen Kopf. Viele Details seines rund 40 Jahre dauernden Lebens tauchten auf und zogen innerlich wie ein Film vorüber. Erinnerungen aus seiner behüteten, schönen Kinderzeit wurden wach, die Jugendzeit, sein erstes Verliebtsein; Ereignisse, die längst im Gedächtnis verschüttet schienen. Nun tauchten sie auf, wie lichte Geister aus der Vergangenheit.

Gerne erinnerte er sich daran, wie er Chipsi kennenlernte und an die ersten schönen Ehejahre. Tränen liefen ihm über das Gesicht und Weinkrämpfe durchschüttelten ihn. Sie kamen wie ein Zwang, wie in Wellen über ihn herein und ein Schauer nach dem anderen lief ihm über den Rücken, wie ein Frösteln:

„Womit habe ich verdient, dass alles so gekommen ist und ausgehen musste, sich mein Leben nach der Geburt des gewünschten Sohnes so radikal verändert hat. Wie viel Zeit, wie viel Energie habe ich in meine Zukunft, die Arbeit, das Haus, meine Familie investiert, immer nur für mich und alle anderen das Beste gewünscht. Jetzt stehe ich dagegen vor einem Scherbenhaufen - ist das alles nur ein unabänderliches Schicksal, ist es mein eigenes Unvermögen oder habe ich einfach nur Pech gehabt?" Eine schlüssige Antwort konnte er nicht finden.

In den Phasen dazwischen beschäftigte er sich damit, wie er den Leichnam an dem von ihm ausgesuchten Platz ablegen und so verbergen will, dass ihn mit hoher Wahrscheinlichkeit niemand jemals da finden wird.

„Wenn das getan ist, dann will ich auch meinen Frieden schließen und dem Leben, das so keinen Sinn mehr für mich macht; keine Zukunft mehr bietet, das finale Ende setzen."

Der Uhrzeiger war auf 17 Uhr vorgerückt und Mitte November wird es um diese Zeit schnell dämmrig. Das Tageslicht ging in die blaue Phase über. Nun war der bewusste Augenblick gekommen. Arno startete das Auto und fuhr zurück zum Plättig, nahm wieder den Verbindungsweg bei der Marienkapelle bergabwärts. Dem folgte er bis rechts der Waldweg Richtung „Unter der Bühler Höhe" abging. Diesen Weg ist er vor Monaten schon abgelaufen und hat das Umfeld akribisch erkundet. Jedes Detail hatte er sich genau eingeprägt.

Langsam fuhr er rund 750 Meter den Weg entlang bis links der Unholdfelsen aufragt. Am Aufgang zur Felsenplattform weitet sich der Platz; sicher zum Zweck, dass dort die Fahrzeuge der Waldarbeiter bequem wenden können. Hier hielt er und schaltete das Licht am Auto aus. Rechts am Waldrand blickte er auf ein Bildstöckchen aus Holz mit einer Christusfigur hinter Glas. Im Glas spiegelte sich gespenstisch das wenige Licht der abendlichen Dämmerung. Das fahle Licht, das Wolkenspiel am Himmel, der diffuse Schein zeigten sich in einem besonders beeindruckenden, gespenstischen Bild. Für solche Naturschönheiten hatte Arno Koch aber jetzt bei seinem Tun kein Auge mehr.

Zuerst verweilte er noch einige Minuten - die ihm gefühlt wieder wie eine Ewigkeit vorkamen - verhielt sich mucksmäuschenstill, wollte sicher gehen, dass auch wirklich niemand mehr um diese Zeit in der Nähe unterwegs ist, nicht einmal ein Förster oder ein Jäger auf der Pirsch. Der Vollmond stand hell leuchtend am Himmel und warf sein fahles Licht durch die Baumwipfel. Längst hatten sich Arnos Augen an die Dämmerung gewöhnt und er konnte erstaunlich gut sehen und alles erkennen, ohne seine Taschenlampe einschalten zu müssen.

„Das geht besser, wie ich angenommen habe, und das Mondlicht kommt mir zusätzlich voll zugute. Das habe ich zwar so nicht geplant, ist aber perfekt."

Mit zitternden Händen öffnete er den Kofferraum, holte den leblosen Körper seines Sohnes heraus und trug ihn auf den Armen zu den am linken Wegrand aufragenden, zerklüfteten Felsen, kämpfte sich durch dürres Gestrüpp, Himbeersträucher, Heidelbeeren und Erikasträucher mühsam voran. Im schwer zugängigen Teil auf der Westseite unterhalb der Felsen hatte er bei seinen früheren Erkundungen - gut abseits liegend und vom Weg nicht einsehbar - eine tiefe Spalte ausgemacht, einer Höhle gleich, und die erwies sich für sein Vorhaben genau richtig. In den schräg nach unten verlaufendem breitem Spalt ließ er den Körper seines Sohnes gleiten.

Obendrauf streute er erst dürre Äste und Zweige, die er ringsum einsammelte oder an Büschen abbrach, sowie mehrere Bündel Laub und Moos. Zuoberst ließ er noch Bruchsteine fallen, die er im Unterholz fand, und zuallerletzt wuchtete er einen größeren, sicher an die hundert Kilo schweren Findling aus Granitstein davor, der ihm bei seinem Erkunden aufgefallen war und haargenau passte.

Ihn direkt vor das Loch zu wuchten war Schwerstarbeit und Arno hatte Sorge:

„Bloß jetzt nicht stürzen. Wenn dir der Brocken auf den Fuß fällt, schlägt er dir das Bein ab." Es ging alles gut und der Stein passte wie angegossen vor die Öffnung.

„Wenn diese unzugängliche Stelle wirklich entdeckt werden sollte, würde niemand darauf kommen, darunter ein tiefes Loch zu vermuten und ein Grab. Kein Mensch kann vermuten, dass dies von der Natur nicht so gestaltet worden ist."

Die harten Hecken und Äste in diesem Bereich hatten ihm bei seinem Tun die Arme zerkratzt und vor Anstrengung - und vielleicht nicht nur dadurch - lief ihm der Schweiß aus allen Poren. Sein Hemd fühlte sich patschnass an. Ohne sich darum zu kümmern, machte er weiter.

„Nicht, dass ich versehentlich irgendwo ein Taschentuch oder etwas anderes Verdächtiges verliere und liegen lasse", das war seine Sorge, denn er hatte tatsächlich alles exakt geplant. Plötzlich tauchten in der Dunkelheit leuchtende Augen auf und mit bellendem Geräusch floh in weiten Sätzen ein Reh talwärts. Arno hatte sich fast zu Tode erschrocken und brauchte ein paar Minuten, bis sich sein Atem und Puls wieder beruhigte.

„Da könnte man ja einen Schlaganfall bekommen oder einen Herzinfarkt erleiden", schoss es ihm durch die Gedanken und er musste über diese Feststellung in seiner Situation beinahe lachen.

Zufrieden stellte er zum Schluss fest:

„Das sieht rundum völlig natürlich und unverdächtig aus, keine Spuren, nichts." In der Umgebung sammelte er weiteres Laub und Moos und verteilte alles sorgfältig, streute das Laub auch über und um den Stein:

„In ein oder zwei Tagen wird das vom natürlichen Laubfall nicht mehr zu unterscheiden sein und auf die Talseite des Felsens verläuft sich sowieso garantiert kein Mensch. Wer vom Weg zum Felsen will, geht hoch zu der mit einem Geländer gesicherten Aussichtsplattform und von oben ist das Versteck nicht einsehbar. Wer sollte sich auch schon freiwillig durch das dichte Unterholz, Gebüsch und kratzende Hecken kämpfen und Gefahr laufen, sich ein Bein zu brechen?", da war er sich sicher.

Im Schein der kurz aufleuchtenden Taschenlampe vergewisserte er sich nochmals, dass alles so natürlich wie möglich und wie gewachsen aussah. Mit einem großen Tannenzweig, den er an einem Jungbaum abbrach, verwischte er sich rückwärts bewegend mögliche Trittspuren, soweit das in der grauen Dunkelheit noch möglich war. Kurz leuchtete er auch noch einmal mit der Taschenlampe darüber, um sicher zu gehen, auch absolut nichts übersehen zu haben, Vor dem Bildstöckchen blieb er einen kurzen Augenblick stehen, hielt inne und sprach ein „Vater unser" und bat Gott um Vergebung.

Nach diesem Tun sank er erschöpft in den Autositz:

„Dieser schwierige Teil wäre geschafft – nun kommt der andere und der ist nicht leichter", seufzte er. Sein Hals war völlig ausgetrocknet, das Schlucken fiel ihm schwer:

„Ich muss unbedingt noch einmal etwas trinken", dachte es und holte eine Mineralwasserflasche aus dem Auto und die trank. Anschließend startete und wendete er, fuhr im Scheinwerferlicht den schmalen, grasbewachsenen Weg zurück und dachte:

„Nur jetzt nicht noch irgendwo hängen bleiben oder den Wagen auf dem grasigen Waldweg irgendwo aufsetzen."

Alles ging erstaunlich gut und genau nach Plan. Unbehelligt und ohne Komplikationen erreichte er wieder den Plättig, fuhr weiter über die B 500 zum schon nachmittags benützten Parkplatz. Dort befinden sich mehrere Abfallbehälter und wie er wusste, legen viele Durchreisende unberechtigt Tüten und Säcke mit Abfall hinein. Aus diesem Grunde muss der Straßendienst öfters leeren und prüft sicher nicht, was drin liegt. Arno sah nach dem Inhalt eines Behälters. In einen, der gut zur Hälfte gefüllt war, legte er im Taschenlampenlicht den kleinen Rucksack seines Sohnes und in einen anderen die Flasche und deckte beides sorgfältig mit vorhandenem Abfall zu. Dabei hatte er sich sorgfältig in beide Richtungen umgesehen, um sicher zu sein, dass niemand in der Nähe ist. Wenn die Mülleimer geleert sind, ist nicht damit zu rechnen, dass diese vor dem Verbrennen noch einmal untersucht werden und so verschwinden die Gegenstände in Bergen von Müll auf „Nimmer-wiedersehen". Das Zeug wird mit Sicherheit nicht mehr auftauchen und keinesfalls auch nur irgendjemand zuzuordnen sein.

Wieder brach er in Tränen aus und wurde körperlich durchgeschüttelt, er war nicht in der Lage sofort nach dieser Aktion loszufahren. Es dauerte Gut eine halbe Stunde, bis er sich innerlich wieder einigermaßen beruhigt und gefasst hatte und er seinen Plan fortsetzen konnte.

Von Sand hielt er bergab in Richtung Bühlertal und gelangte zum Wiedenfelsen. Bis dahin waren es nur etwa einen Kilometer. Längst war inzwischen die Nacht hereingebrochen. Auf dem Wanderer-Parkplatz stellte er das Auto etwas abseits am Hang und holte eine Decke aus dem Kofferraum. Ursprünglich hatte er sofort weitergehen wollen. Es war aber zu spät und die Nacht zwischen den hohen Tannen oder Fichten krabbenschwarzdunkel. Somit verriegelte er das Auto von innen und schlief oder durchwachte die Nacht im zurückgelegten Autositz, bis endlich der kommende Morgen aufzog und das erste dämmrige Licht sich zeigte. Inzwischen war es schon um 8 Uhr am Tag, Nebel lag auf dem Gelände und er fror erbärmlich. Die Außentemperatur zeigte gegen Null gehend. Außerdem spüre er jeden Knochen, alles tat weh.

„Im kalten Spätherbst im Auto zu übernachten ist wirklich nicht zu empfehlen. Das ist schon eine Strafe an sich", so seine Feststellung.

Beim immer leicht heller werdenden Licht im fahlen Nebelgrau folgte er dem Weg der Eisbahn zu, die in einem etwa einen Kilometer entfernten, stillgelegten Steinbruch betrieben wird. Ohne Eile lief er den Waldweg entlang. Den schmalen Fußpfad zu den Wasserfällen wollte er nicht nehmen, zwischen den hohen Bäumen war es ihm auf dem steinigen, schwer gängigen Pfad noch zu diffus und glitschig. Deshalb blieb Arno lieber auf dem breiteren Weg und nahm nach einem halben Kilometer die Abzweigung oberhalb der Gertelbach-Wasserfälle zum Sickenwälder Horn. Bis zur Kuppe hoch stieg es stetig leicht an. Das brachte - neben seiner inneren Unruhe - den Puls wieder gehörig in Wallung und machte ihm warm.

Am Scheitelpunkt des Weges zweigt ein Pfad nach rechts zum markanten Felsen, dem Sickenwälder Horn ab. Den nahm er nicht, er ging daran vorbei, erst ein flaches Stück, dann abwärts und folge dem Weg nochmals zwei oder dreihundert Meter. Erst dann schlug er sich nach unten ins Gebüsch und im steilen, schwierigen Gelände hangelte sich den Hang bergab, einfach querfeldein durch Hecken und Gestrüpp. So kam er immer tiefer im kaum begehbaren Gelände. Das Vorwärtskommen war ein mühsames Unterfangen und mehrmals rutschte er aus, setzte sich auf den Hosenboden oder fiel längelang auf die Seite. Nur ein paar Bäumchen oder Hecken gaben zwischendurch etwas Halt.

„Auf ein paar Kratzer von den dornigen Brombeerhecken, die Moosflecken und verschmutzten nassgewordenen Hose kommt es nicht mehr an. Wen juckt es später, wie ich aussehe", überlegte er sich.

Rund fünfhundert Meter kämpfte er sich mühsam durchs Unterholz talwärts zu, kam zweihundert Höhenmeter tiefer, mehr stolpernd und rutschend. Vor ihm tauchte im fahlen Licht ein flacherer Platz unter einem überhängenden Felsen auf, der ihm geeignet schien:

„Genau da ist der richtige Platz, hier bleibe ich, da lasse ich mich nieder!"

Er setzte sich nieder und wieder brauchte es Minuten zum Durchatmen und bis sich der Puls etwas beruhigt hatte.

„Keine Eile, ich habe Zeit", murmelte er halblaut. Noch einmal ging er gedanklich seine letzten Ehe- und Lebensjahre durch, erinnerte sich an Höhen und Tiefen, machte sich bewusst, wie viel Kraft ihn alles in den letzten acht Jahren gekostet hat, sowohl durch die Krankheit seiner Frau, und noch mehr durch die ständigen Streitigkeiten, sowie der Disharmonien mit der Verwandtschaft. Dann war da noch der stressige Job, der ihn häufig an den Rand des Erträglichen gebracht hatte; an die Grenze seiner Belastbarkeit.

„Das ist alles mehr als ein normaler Mensch ertragen kann und wozu soll das alles weiterhin dienen? Das ist doch kein Leben, keine Lebensqualität. Am Ende stehe ich mit leeren Händen da und habe die Arschkarte gezogen; Frau, Verwandtschaft, Rechtsanwälte, der Staat und wer sonst noch wollen mir alles nehmen. Nein, nein, das will ich absolut nicht, dem schiebe ich einen Riegel vor, die sollen sich noch wundern."

Im Rucksack hatte er zwei Flaschen Wodka dabei. Die eine holte er jetzt heraus, trank daraus in kleinen Schlucken und den Inhalt bis mehr als die Hälfte leer. Zwischendurch schluckte er eine der Schlaftabletten nach der anderen, von denen, die er schon dem Sohn ins Trinkwasser gemischt hatte.

Waren es fünfzehn, waren es zwanzig? Er hatte sie nicht gezählt, einfach Tablette für Tablette hinuntergespült. Inzwischen war ihm kalt geworden; er fror erbärmlich. Die morgendliche Kühle drang jetzt durch und durch und die vorangegangene Anstrengung, die Erschöpfung, hatte dies sicher noch etwas verstärkt. Um dem vorzubeugen hatte er weder eine isolierende Unterlage ausgelegt, sich auch keine zusätzlich wärmende Kleidung angezogen. Daran hatte er nicht einmal gedacht. „Wozu auch?"

Der Tag zeigte sich beim Blick nach oben stark bewölkt und Wolken verdeckten die wärmende Sonne, wie wenn sie erahnen würde, was er vorhatte und sie das Elend nicht sehen wollte. Dabei lagen die

Tagestemperuren auf rund 800 m Höhe knapp über Minus. Die Bäume rauschten und wiegten sich knarrend im Wind, hin und wieder schrie ein Käuzchen; Mäuse oder anderes Kleintier raschelte im Laub, dann herrschte wieder gespenstische Stille, in diesem abseits liegenden, verlassenen Steilgelände, nur von der Ferne drangen unvermeidbare diffuse Geräusche der Zivilisation an sein Ohr. Es ließ erahnen, dass immer wieder ein Motorrad oder die Autos von Bühlertal bergan unterwegs waren.

Die Minuten vergingen ihm viel zu langsam, seine Muskeln schüttelten ihn minutenlang in der Kälte durch, die Zähne klapperten. Die Zeit schien ihm so unerträglich träge zu vergehen, jede Minute zäh zu sein wie Pudding, bis der einsame Mensch im tiefen Wald immer müder wurde, nur noch verschwommen all die Geräusche wahrnahm, die im tiefen Wald nie verstummen wollen. Mit aller Kraft, die ihm noch geblieben war, aber in vollem Bewusstsein, trank er nochmals aus der Wodkaflasche, bis sie leer war. Diese warf sie in weitem Bogen den Wald hinunter und holte die zweite aus dem Rucksack und legte sie neben sich. Dann schob er mit zitternden Händen nochmals weitere Tablette nach, dann schwanden ihm immer mehr die Sinne; schnell dämmerte er hinweg und kurz darauf war er in einen bodenlos tiefen Schlaf gesunken.

Wie lange mag er so gelegen haben? Er wusste es nicht, wacht nur kurz einmal auf und Übelkeit quälte ihn. Nach einem heftigen Erbrechen nahm er noch einmal Schlaftabletten ein und spülte mit Wodka nach, schon um den üblen Geschmack loszuwerden und schon war er auch wieder eingeschlafen und diesmal ohne noch einmal aufzuwachen.

Die Schlaftabletten, der Alkohol und die tiefen Temperaturen auf der Höhe und in der winterlichen Zeit verrichteten und vollendeten präzise das begonnene Werk. Der Himmel war weiterhin bewölkt, aber selbst, wenn die Sonne geschienen hätte, wäre sie nie und nimmer wärmend zum Liegeplatz vorgedrungen.

Bis der Tag sich zu Ende war und ein weiterer Abend, eine dunkle Nacht unaufhaltsam hereinbrach, war Arno Koch längst tot; erfroren, einsam gestorben in einem unwirklichen, steilen, felsigen

Gelände und weit abseits aller Wege. Wer und wann würde ihn da finden? Sein perfider Plan schien perfekt aufgegangen zu sein:

„Durch die dauerhafte Ungewissheit über den Verbleib des Sohnes; des Enkels, sollten alle Beteiligten ihre gerechte Strafe erhalten und für das, was man mir angetan hat, büßen müssen!", damit meinte Arno seine Gerechtigkeit gefunden zu haben. Eine irdische Strafe war auch nicht mehr zu erwarten und ob er sich einmal für seine Tat vor Gott würde verantworten müssen, stand auf einem anderen Blatt.

Freizeitzentrum Mehliskopf

Blockfelsen „Unter der Bühler Höhe"

14

Die Suchmaschinerie läuft an

Im Hause Frank herrschte am Samstagabend große Verärgerung bei Christel und deren Eltern, nachdem Kevin nicht wie vereinbart zurückgebracht worden ist. Man schätzte dieses einfach wieder als Eigenmächtigkeit seines Vaters, so wie er es in den Monaten zuvor schon oft praktiziert hatte.

„Auf den Bazi (durchtriebener Mensch) ist einfach kein Verlass mehr. Ich habe ihm immer schon misstraut, er taugt nichts und es zeigt sich immer mehr, dass ich Recht hatte", ereiferte sich Robert Frank.

Nachdem sie aber auch am folgenden Sonntag immer noch nichts von beiden vernommen hatten und weder ein Anruf kam noch sonst irgendeine Botschaft, machte sich ernsthafte Sorge breit.

„Wisst ihr wo Arno und Kevin sind?", wollte Christel telefonisch von den Großeltern Koch wissen.

„Nein, wir haben seit Tagen weder von dem einen noch dem anderen etwas gehört; wir wissen überhaupt nichts."

Der Sonntag verging, dann hielt Christel nichts mehr und sie ging gleich am Montagmorgen zur Polizeistation und stellte Strafantrag wegen Kindesentführung, doch die Beamten meinten:

„Besser wäre es erst einmal eine Vermisstenanzeige aufzunehmen!" Sie schrieben ins Protokoll, dass Arno angegeben hatte, mit dem Sohn zum Mehliskopf zu wollen, zur Sommerrodelbahn und möglicherweise auch in den Klettergarten. Bilder von Vater und Sohn hatte Christel vorsorglich dabei und übergab sie den Beamten. Die stellten sie ins interne Netz und verständigten ihre Bühler Kollegen, die sich die Bilder ausdruckten und unverzüglich der Sache annahmen. Sofort wurde eine Streife zum Sand hochgeschickt. Im Freizeitzentrum am Mehliskopf - kurz nach dem Übergang Sand und an der Verbindungsstraße ins Murgtal - begannen sie mit der Umfrage und ihren Recherchen.

Nirgends ergab sich dort auch nur der geringste Hinweis, es fand sich nicht die kleinste Spur. Niemand konnte sich an die auf den Bildern gezeigten Personen erinnern. Sehr hinderlich erwies sich, dass es am Sonntag heftig zu regnen begonnen hatte und in der Nacht zum Montag fiel sogar bis auf 800 Meter hinunter Schnee. Inzwischen lag auf den freien Flächen im Höhengebiet eine zehn Zentimeter dicke Schneedecke und die Bäume trugen schwer unter der weißen, pappnassen Last. Für den Skibetrieb am Hang unterhalb des Mehliskopf war das aber doch noch zu wenig und für die Schneekanonen die Temperaturen noch zu warm. Somit herrschte rundum ungewöhnliche Stille; kaum ein Mensch ließ sich blicken und nur die Straße nach Herrenwies und zur Schwarzenbachtalsperre oder ins Murgtal war einigermaßen gut frequentiert.

Während die Bühler Polizisten nach Hinweisen suchten und nach den Vermissten forschten, machten sich die Großeltern Frank und Koch ebenfalls mit Autos auf den Weg und fuhren direkt zur Schwarzwaldhochstraße. Sie suchten in eigener Regie jeden Parkplatz ab und sahen sich nach allen Stellen um, an denen Anhalte-Möglichkeiten bestehen oder Aussichtspunkte sind; sie fanden aber auch nichts, nicht eine einzige verwertbare Spur.

So schnell gaben sie jedoch nicht auf. Im nächsten Schritt verabredete sie sich an früheren Aufenthaltsorten nachzufragen. Zuerst holten sie Erkundigungen am Arbeitsplatz ein. Dort wurde Arno schon vermisst. Er hatte keinen Urlaub beantragt und eigentlich standen sehr wichtige Arbeiten dringend zur Erledigung an. Der Abteilungsleiter zeigte sich deshalb sogar ein wenig ungehalten, weil sein wichtiger Mann unentschuldigt fernblieb:

„In einer so wichtigen Phase dieses von Arno Koch betreuten Projektes geht das gar nicht, da kommen wir ja in die Bredouille. Das kennen wir von dem Mann aber auch nicht!"

Bis zum Montagabend waren die Suchergebnisse erfolglos geblieben und alle Recherchen vergebens. In der Dunkelheit weiter zu suchen machte keinen Sinn und telefonisch hatten sie auch schon alle Adressen, die ihn in den Sinn kamen abgefragt. Nun machte sich wirklich ernsthafte Sorge in den Familien breit.

„Da stimmt doch etwas nicht, beide können doch nicht so mir nichts, dir nichts wie vom Erdboden verschwunden sein", waren sich alle einig und Christel schluchzte. Robert meinte:

„Sind sie eventuell ins Ausland abgehauen, mit dem Flugzeug verreist oder mit dem Auto weiter weg an einen Urlaubsort gefahren?"

„Das kann doch aber nicht sein, auch wenn ich das Arno zutrauen würde", warf Christel ein:

„Kevin hatte aber weder einen Ausweis bei sich, noch frische Wäsche und keine zusätzliche Kleidung, nichts, nicht einmal Waschzeug."

„Das kann sich der Scherenschleifer überall besorgen, das ist doch kein Hindernis", ereiferte sich der Schwiegervater.

Nur um die Nerven zu beruhigen telefonierte Robert Frank mit der örtlichen Polizeistelle, die den Fall aufgenommen hatte und gab bei dieser Gelegenheit die Adressen von Ingrid, seiner Geliebten durch und weitere Personen, wo man annehmen konnte, dass Arno sich früher dort aufgehalten hat.

„Die sollen dort selber direkt nachforschen, denn vielleicht sagt man uns nicht die Wahrheit", begründete er das. Außerdem bat er darum:

„Sie sollen auch in den Reisebüros nachfragen und am Flughafen Rheinmünster-Söllingen recherchieren."

Bei der Polizei wusste man immer noch nicht mehr, versprach aber am anderen Tag die zweite Stufe der Suche einzuleiten. Nun wurden gezielt alle Polizeistellen informiert, damit die Beamten in den Streifenwagen nach dem Auto von Arno Ausschau halten sollten und den Hinweisen von Robert Frank zu möglichen Kontaktstellen wollte man auch nachgehen.

Die intensivierte Suche hatte baldigen Erfolg. Schon am Dienstagmittag wurde das Auto des Vermissten oberhalb von Bühlertal auf dem Parkplatz am Wiedenfelsen gesichtet. Die Polizisten fanden es ordnungsgemäß abgestellt und abgeschlossen vor. Im Innern des Wagens fanden sie auf den ersten Blick keinerlei Hinweise auf den Verbleib der Gesuchten. Die dubiose Situation gab nun doch Anlass zu schlimmerer Befürchtung.

„Bei den aktuellen Wetterverhältnissen halten sie sich mit Sicherheit nirgendwo im Freien auf. Entweder ist etwas passiert oder Arno Koch hat mit dem Auto eine falsche Fährte gelegt und ist mit einem anderen Verkehrsmittel weitergekommen", gaben die Beamten zu bedenken.

Nun wurde die gesamte Maschinerie in Gang gesetzt. Informationen mit Bildern gingen an die Presse. Eine Hundertschaft der Bereitschaftspolizei bekam den Auftrag sorgfältig das schwierige Gelände, um den Parkplatz abzusuchen. Das war aber leichter gesagt als getan. Der Kiosk am Wiedenfelsen diente als Kommandozentrale und von da aus schwärmten noch am Nachmittag die in Gruppen aufgeteilten Suchmannschaften in alle Richtungen aus. Das Suchgelände betraf das Gebiet talwärts bis zum Wiedenbach-Parkplatz und hoch zum Hundseck. Gesucht wurde in der Gertelbachschlucht, wie links und rechts des Briefträgerweges, unterhalb der Herta-Hütte und auf der anderen Bergseite bis zum Sickenwälder Horn. Den Verantwortlichen war dabei von vorneherein klar:

„Das wird kein einfaches Unterfangen."

Hinderlich erwiesen sich erstens der Neuschnee und zweitens das steile, unzugängliche und unübersichtliche Gelände. Für die Männer wurde das eine echte Herausforderung, nein besser gesagt, es wurde zur Strapaze. Die Hänge waren extrem steil, der Boden glitschig und schwer zu begehen. Größte Vorsicht war geboten, mit dem Fuß nicht in ein Bodenloch zu geraten oder abzurutschen und sich ein Bein zu brechen oder andere Verletzung zu riskieren. Hecken und Gestrüpp hinderten das Vorwärtskommen massiv und doch musste das Waldgebiet Meter für Meter durchkämmt werden.

Schon nach einer Stunde wurden die ersten Erschöpften ausgetauscht. Die Konditionsstärkeren hielten länger durch, mussten aber auch abgelöst werden und das alles dauerte, bis die Dämmerung einsetzt hatte. Die ganze Zeit über war zusätzlich ein Hubschrauber im Einsatz, der das Gelände rund um die Gertelbach-Wasserfälle und bis hoch zum Plättig an der Schwarzwaldhochstraße mit einer Wärmebildkamera nach Spuren absuchte. Ohne Erfolg wurde die Suche bei einbrechender Dunkelheit abgebrochen und am nächsten Morgen sofort bei ausreichendem Tageslicht wieder fortgesetzt.

Drei Tage lang haben die Mannschaften ausgehalten und intensiv das steile Gelände abgesucht. Dabei ist beinahe jeden Stein umgedreht worden und in jede Nische hatte man geleuchtet. Dann wurde die vergebliche Suche vorläufig eingestellt, denn alle waren sich im Klaren:

„Wenn die Vermissten wirklich hier irgendwo im Gelände sein sollten, dann können sie bei den Wetterverhältnissen und Temperaturen auf keinen Fall mehr am Leben sein." Trotzdem wäre es allen lieber gewesen, Gewissheit zu bekommen.

Aus der Bevölkerung kam eine Vielzahl von Hinweisen, denen jedem einzelnen nachgegangen wurde. Da fand sich aber nichts Verwertbares - und manche erfolgten nur aus Wichtigtuerei oder man wollte die Polizei narren.

„Es ist unglaublich, was in solchen tragischen Fällen alles abgeht", klagte der Leitende Kommissar.

„Da sind nicht nur aufdringliche Journalisten, die sich ohne jeglichen Skrupel in die Fahndung einklinken und auf Teufel komm raus nach Informationen bohren. Es gibt Zeitgenossen, die sich daran weiden, wenn sie die Polizei auf falsche Fährten führen können; vielleicht nur, weil sie sich wegen einem Strafbescheid oder etwas anderem rächen wollen. Da gibt es nichts, was es nicht gibt", fügte er kopfschüttelnd hinzu.

Bei der ausgedehnten Suchaktion hatte sich gezeigt, Arno hatte richtig kalkuliert. Hätte er seinen Plan verwirklicht und die Falkenfelsen zum stillen Grab gewählt, wären Suchhunde eventuell auf eine

Spur gestoßen. Der tatsächliche Liegeplatz der Leiche befand sich jedoch vom Suchgebiet noch weit über einen Kilometer entfernt.

Im Gespräch mit den in dem Fall betrauten Polizeibeamten kollabierte Christel und musste ärztlich versorgt werden. Alles ging ihr zu sehr an die Nieren. Gefasst und stark erwies sich dagegen ihr Vater. Um der Sache einen Kick zu geben und zu forcieren, setzte er entschlossen eine Belohnung von 5000 Euro für Hinweise aus, die zum Auffinden der Vermissten führen. Die Presse berichtete tagelang ausführlich und in allen bekannten Einzelheiten über den mysteriösen Fall und selbst das Fernsehen klinkte sich ein und zeigte den Fundort des Autos, schwenkte mit Bildern über den Erlebnispark Mehliskopf und führte Interviews mit Christels Vater, der für seine Tochter und die übrige Familie sprach. Nichts tat sich, es ergaben sich - außer den schon erwähnten lästigen Fakes - weder brauchbare Hinweise noch Spuren oder Anhaltspunkte, wo noch zu suchen wäre. Derweil zogen die Tage und schließlich Wochen ins Land und es wurde ruhiger in der Sache.

Zwischendurch kamen die Weihnachtstage und das wurde für die angeschlagene Familie zu einem emotional sehr belastenden Fest. Überall herrschte Niedergeschlagenheit, Trauer und Verzagtheit. Da wollte keine Freude und eine festliche Stimmung schon gar nicht aufkommen. Alles andere wäre auch Heuchelei gewesen. Nichts war vergleichbar mit dem früher harmonischen Zusammensein beider Familien. Keinem war nach Feiern zumute; Weihnachten hin oder her. Für eine festliche Stimmung hatte keiner einen Kopf. Bei den Kochs stand nicht einmal ein Weihnachtsbaum im Zimmer und auch der Balkon wurde nicht - wie das in früheren Jahren üblich war - mit einer üppigen Lichterkette geschmückt.

Überdies - und wen wunderte es, hing Christel seit Wochen wieder seelisch schwer angeschlagen in den Seilen und intensive, psychotherapeutische Behandlung war nötig. Fast täglich saß sie beim Arzt oder einem Therapeuten und sonst lag sie zu Hause auf der Couch oder im Bett und war unfähig auch nur die geringste Tätigkeit auszuüben. Sie fühlte sich nur bleien schwer, ohne jeden Antrieb und bar jeglicher Energie; einfach ein Häufchen Elend. An berufliches Arbeiten im Kaufhaus war nicht zu denken und auch von den sonst so wichtigen Freundinnen hielt sie sich fern. Nur mit starken Medikamenten bewältigte sie die, für sie belastenden Tage. Für den Arzt schien sie sogar suizidgefährdet. Trotz ärztlicher Schweigepflicht sah er es für notwendig an, die Angehörigen entsprechend zu warnen und bat darum, ein wachsames Auge auf seine Patientin zu haben.

Kruzifix gegenüber – und Aufgang zum Unholdfelsen

Tiefe Höhle in der Felsengruppe, die fiktiv zum Grab wurde

15

Eine erste Spur

Im folgenden Frühjahr lag oberhalb und unterhalb der Schwarzwaldhochstraße sehr lange Schnee, der zeitweise bis zu einem halben Meter hoch die Flächen überdeckte. Die Treppen und Wege entlang den Wasserfällen trugen über Wochen eine zentimeterdicke Eisschicht. Eine Begehung entlang den Kaskaden war zu riskant und nur Geübten zu empfehlen. Äußerste Vorsicht war dringend geboten. Ein Sturz hätte durchaus 50 Meter und tiefer enden können. Einen besonderen Reiz hatte es allerdings schon, denn die bizarre Eis- und Winterlandschaft bot ein beeindruckendes Naturschauspiel.

Noch immer gingen bei den Polizeistellen gut gemeinte oder diffuse Hinweise zu den Vermissten ein, die sich allesamt als falsch erwiesen. Alle möglichen und unmöglichen Spekulationen kursierten und verbreiteten sich in den Medien, die Klatschblätter brachten immer wieder neue reißerische Storys. Sogar eine Wahrsagerin nahm sich der Sache an und gab ihre Kommentare ab. Sämtlichen seriösen Hinweisen, jedem kleinsten Anhaltspunkt war man akribisch nachgegangen. Der mysteriöse Fall hatte immer noch hohe Priorität bei den Verantwortlichen, wie es immer ist, wenn unmündige Kinder involviert sind.

Inzwischen war Mitte Mai und im badischen Land zeigte sich ein schöner, warmer Frühlingstag. Nach dem langen Winter war die Natur voll erwacht. Der restliche Schnee schmolz auch auf der Höhe rapide dahin und die Bäche und Rinnsale in der Vorbergzone führten vermehrt Wasser. Zwischen den Reben an den Hängen entlang des Ortenauer Weinpfades blühten Frühlingsblumen in bunter Pracht und allen Farben, auch die Kirschbäume standen in voller Blüte. Überall sprießte und blühte es, selbst in den höheren Regionen. Die Menschen drängte es dementsprechend ins Freie. Jeder wollte den Frühlingsrausch aufsaugen und so viel wie möglich Sonne tanken. Zahlreiche Spaziergänger und Wanderer bevölkerten die Wege und nicht wenige strebten der Höhe zu. Sie wollten bei diesem Prachtwetter die würzige, klare Luft und urige Landschaft des Nordschwarzwaldes genießen.

Einer der Wanderer war alleine, aber mit seinem Foxterrier oberhalb der Gertelbach-Wasserfälle auf dem Weg nahe des Sickenwälder Horns unterwegs und wollte von dort auf dem breiten Wirtschaftsweg abwärts zum Immenstein. Da er weit und breit keine weiteren Personen ausmachen konnte, hatte er vorschriftswidrig seinen Hund von der Leine gelöst und ließ ihn frei herumlaufen, obwohl dies allgemein im Wald und insbesondere in diesem Naturschutzgebiet nicht erlaubt ist. Dabei legte der Hund sicher die dreifache Strecke im ständigen hin und her zurück. Es war auch nicht das erste Mal und allgemein ging das immer gut. Wenn er ihm pfiff, dann kam der Hund folgsam zurück und ging „bei Fuß". Diesmal jagte der Hund aber plötzlich einem flüchtenden Hasen nach und verschwand schnell im dichten Unterholz. Der Jagdinstinkt war wohl bei ihm erwacht. Auf die Rufe seines Herrchens hörte er nicht mehr. Ernst nach einer Weile war sein eifriges Bellen zu hören und es kam von sehr weit unten. Ärgerlich rief der Wanderer immer wieder nach dem Hund; der gab aber nur aufgeregt bellend Antwort.

„Sakrament, was ist denn los mit dem Köter", fluchte der Mann: „Das macht er doch sonst nicht." Nachdem der Hund trotz energischem zurufen nicht kam, befürchtete der Hundebesitzer seinem Hund könnte vielleicht etwas zugestoßen sein, sonst wäre er doch längst zurück. Mühsam kämpfte und quälte der Wanderer sich im steilen, unwegsamen Gelände bergab, während der Hund ununterbrochen bellte. Mehr rutschend als stehend und an Äste von jungen Bäumchen und Hecken im Gelände hangelnd, kam er nur langsam vorwärts und dann entdeckte er den Hund unter einem Felsenvorsprung. Dieser hatte etwas entdeckt, apportierte, bellte und wedelte aufgeregt mit dem Schwanz, wie wenn er sagen wollte:

„Schau was ich gefunden habe! Bin ich nicht gut, habe ich kein Leckerli verdient?"

Beim näheren Hinsehen erkannte der Wanderer ein undefinierbares Bündel.

„Oh Gott, das muss ein Mensch sein; eine Leiche!", das war ihm sofort bewusst. Schweiß trat ihm auf die Stirn.

„Was ist denn da passiert, wie zum Teufel kommt denn jemand an diese verlassene Stelle? Was mache ich bloß? Da muss ich sofort die Polizei verständigen."

Das war leichter gesagt als getan. Zuerst versuchte es der Mann mit dem Handy, doch am Fundort im Hang gab es keinen Senderempfang. Mit dem Hund an der Leine kämpfte er sich an Büschen und Hecken hangelnd aufwärts bis zum Weg. Doch unterwegs markierte er vorsichthalber mit Tempotaschentüchern an Büschen in gewissen Abständen die Richtung, auch die Stelle, wo er aus dem Hang auf den Weg trat, damit er diese Stelle später wieder finden würde. Dann lief er zurück zum Sickenwälder Horn. Dieser Punkt bietet einen freien Blick ins Rheintal und da hatte er Empfang; zwar kein deutsches Netz, nur den französischen Sender Orange, aber immerhin kam er auf diesem Wege zur Notrufzentrale durch und informierte über seinen grausigen Fund.

Kurz darauf rief ein Beamter der Polizeistelle zurück und der Wanderer - Hans Bertram, wie er sich vorstellte - besprach mit ihm das weitere Vorgehen. Sie kamen überein, dass er, wenn möglich, zum Wiedenfelsen laufen soll und dort auf den Streifenwagen wartet. Bis Bertram jedoch da eintraf, dauerte das längere Zeit und der Streifenwagen war schon vor Ort. Zwei Polizisten erwarteten ihn bereits und nahmen ihn in Empfang.

Zuerst ließen sie den Wanderer schildern, was er und wo gesehen habe. Um keine Zeit zu verlieren, veranlassten die Polizisten, dass eine Spurensicherung nachkommt und auch der Leichenwagen.

„Bis diese eintreffen wollen wir warten", wurde entschieden. Das Waldgebiet erwies sich als zu unübersichtlich, da machte es wenig Sinn, dass jeder allein losgeht und für sich die Fundstelle sucht.

„Da müssten wir ja ein Dutzend Polizeibeamten abstellen, die den anderen den Weg weisen!" Einhellig waren alle der Meinung:

„Es kommt nun auf eine halbe Stunde nicht an. Wir gehen gemeinsam an den beschriebenen Liegeplatz der gefundenen Leiche."

Die Wartezeit gab Bertram willkommene Gelegenheit am Kiosk etwas zu trinken. Sein Hals war völlig ausgetrocknet. Ihm war durch seinen grausigen Fund im wahrsten Sinne des Wortes „die Spucke weggeblieben." Jetzt brauchte er ein kühles Bier.

Bis alle Verständigten eingetroffen waren, dauerte es länger oder über eine weitere Stunde. Kurz wurde dann die aktuelle Lage besprochen, anschließend setzte sich der Konvoi in Bewegung. Ein Streifenwagen und der Leichenwagen fuhren den Waldweg entlang, die übrigen gingen zu Fuß. Zum Sickenwälder Horn wurde es zuletzt steiler, bis Bertram mit allen auf die Markierung am Weg traf. Dort war Ende der Fahrt. Von hier ging es nur zu Fuß weiter und nicht alle wollten oder konnten einfach so in das steile Gelände treten. Auch Bertram grauste es, noch einmal da runterseigen zu müssen.

„Das wird für alle Beteiligte ein harter Einsatz", war dem Gruppenleiter sofort klar. Nachdem er hörte und die Örtlichkeiten sah, wusste er sofort, was sie erwartet.

„Mit herkömmlicher Methode und Mitteln lässt sich da nichts machen." Über Funk veranlasste er:

„Die Bergwacht soll mit ihrem Equipment anrücken, uns helfen und die Bergung übernehmen. Die sind in einem solchen Gelände besser ausgebildet und ausgerüstet." Sofort wurden die Einsatzbefehle weitergegeben.

„Wir bleiben über Funk in Verbindung, da telefonisch schlechter Empfang ist", gab er zusätzlich durch.

Zwei gut trainierte und sportliche junge Beamte gingen mit Bertram schon einmal voraus und ließen sich den unzugänglichen Platz zeigen. So konnten sie über Funk alle notwendigen Instruktionen nach und nach durchgeben.

Bis die Bergwacht der Ortsgruppe Achertal eingetroffen war, dauerte es noch eine weitere Stunde. Die Männer bauten sich einen

Standplatz mit Sicherung und ließen vier in solch schwierigem Gelände erfahrene Männer am Seil abwärts gehen. Unter größter Mühe und schwitzend kamen sie zur Fundstelle und stießen auf die zwei voraus gegangenen Beamten und auch Bertram.

Die Leiche zeigte starke Verwesung und ließ auf eine längere Liegezeit schließen. Sofort kam der Verdacht auf, dass es sich vermutlich um den seit November vermissten Mann aus dem Raum Karlsruhe handeln muss. Der Fundort wurde von allen Seiten fotografiert und die nötigen Untersuchungen vorgenommen, soweit dies bei den örtlichen Verhältnissen und den erschwerten Bedingungen überhaupt möglich war. Rund um den Fundort wurde das Gelände inspiziert, ob nicht irgendwo die zweite Leiche liegen würde; der vermisste Sohn, wenn sich der Verdacht auf die Identität des Mannes bestätigen sollte. Im zugängigen Bereich fand sich nichts und auch nichts Auffälliges. Nicht einmal der kleinste Hinweis, dass ein zweites Opfer eventuell von einem Wilden Tier geschleppt worden sein könnte.

Nach der Untersuchung wurden die Überreste des Toten geborgen und in einen Transportsack verbracht. Die Männer der Bergwacht zogen ihn dann mittels Seilwinde nach oben und achteten sorgsam darauf, nirgends hängen zu bleiben, damit durch Ruckeln und Reißen der Leichnam nicht unnötig zerfallen würde. Das brauchte seine Zeit, und viel Geduld, bis die Fracht oben am Weg angelangt war und auch alle gestiegenen nachgekommen sind. Dann war auch der Bergesack da und konnte in eine Sargwanne gelegt werden. Zudem hatte man den geborgenen Rucksack im Leichenwagen verstaut. Der Tote sollte anschließend zur gerichtsmedizinischen Untersuchung ins nächste Institut gebracht werden.

Bald stand fest: Es war tatsächlich der vermisste Arno Koch aus Weingarten.

„Wo aber ist sein Sohn?" Diese Frage konnte nach wie vor niemand beantworten. Am Fundort der Leiche waren keine Spuren zu entdecken. Trotzdem veranlasste der mit dem Fall betraute Beamte, vor Ort ein weiteres Mal intensiv suchen zu lassen. Immer noch ging man davon aus, man müsste beide zusammenfinden. Von der großen Entfernung zwischen den tatsächlichen Liegeplätzen und in einem ganz anderen unzugänglichen, ebenso steilen und felsigen Gelände, hatte man keine Ahnung. Erschwerend kam hinzu, dass überall auf der Westseite des Nordschwarzwaldes unzählige wuchtige Felsblöcke wild durcheinander und übereinander liegen, mit tiefen Spalten und Höhlen. Wo sollte man da suchen und auch noch die Gesundheit und das Leben der Einsatzkräfte gefährden. Das war ein fast unmögliches Unterfangen.

Die Einsatzstelle der Polizei veranlasste eine neue Suchaktion rund um das Sickenwälder Horn und in der Gertelbachschlucht. Auf der südlichen Seite wurde die Suche in Richtung Wolfsbrunnen ausgedehnt. Die Bedingungen waren diesmal deutlich besser als noch im alten Jahr, wo Neuschnee und Nässe die Suchmannschaften massiv ausgebremst und behindert hatte.

Vom Wiedenbach-Parkplatz am oberen Ortsende oberhalb Bühlertal bis zur Schwarzwaldhochstraße wurde erneut der Wald durchgekämmt; ein unsäglich schweißtreibendes, mühsames und ermüdendes Unterfangen. Jeder Quadratmeter wurde durchkämmt und jeder Stein umgedreht. Mehr ging nicht, da waren auf Grund der Topografie einfach enge Grenzen gesetzt. Suchhunde waren ebenso im Einsatz, fanden aber keine einzige Spur. Wenn solche je vorhanden waren, dann hätten sie sicher Eis und Schnee des vergangenen Winters längst verwischt.

Die Suchenden mussten nach Stunden abgewechselt und ausgetauscht werden. Zu anstrengend erwies sich das Gelände. Die jungen Polizisten waren zwar sportlich, aber nicht alle waren Bergsteiger und die Bewegung über Stein und Geröll, Moos, durch Dornen, Hecken und Gestrüpp war doch eine andere Nummer. Nach drei Tagen wurde die Suche ein weiteres Mal ergebnislos eingestellt und man gab sich bei den Verantwortlichen frustriert. Zu gerne hätte man den Angehörigen klare Fakten präsentiert, egal wie sie ausgesehen haben mögen.

Erneut waren über die Familie schwere Tage hereingebrochen und alle wurden emotional bis aufs Äußerste gefordert und bei allen lagen die Nerven blank. Einerseits wusste man nun, was mit dem

Schwiegersohn geschehen war, andererseits aber beschäftigte die Familien die bange Frage:

„Was ist mit Kevin, wo ist der Sohn und Enkel, lebt der eventuell noch und wenn ja, wo?" Fragen über Fragen taten sich auf.

Der Vater von Christel wollte sich einfach nicht damit abfinden, dass sein Enkel gleichfalls tot sein muss, und er klammerte sich unerschütterlich an den Gedanken, dieser muss irgendwo noch lebt.

„Beim Toten wurde er nicht gefunden und da es dort und nirgendwo in der Nähe eine Spur gibt, muss er noch am Leben sein", daran glaubte er felsenfest.

Er wollte Gewissheit haben und wieder wandte er sich an Presse und Fernsehen, veröffentliche Bilder, recherchierte auf eigene Faust. Dabei gingen ein Monat nach dem anderen ins Land, doch es ergab sich auch dieses Mal nichts; keine einzige und noch so winzige, brauchbare Spur. Die Behörden hatten längst die Priorität der Suche wieder etwas in den Hintergrund gerückt. Das war der Lauf der Zeit, es gab noch genügend andere und gleichfalls tragische Fälle.

Die Obduktion der Leiche hatte ergeben: „der Tod ist infolge Medikamenteneinfluss und Alkohol, sowie der Kälte eingetreten; er ist erfroren." Somit musste entweder auf einen Unglücksfall geschlossen werden oder Suizid.

„Letzteres ist wahrscheinlicher", wurde gemutmaßt, auch wenn es weder einen Abschiedsbrief noch ein anderes Indiz dafür gab.

„Wie wäre der Verstorbene auch sonst an den entlegenen Platz gelangt?"

Zwischendurch hatte man sich noch einmal der Mühe unterzogen und ist erneut zum Liegeplatz der Leiche abgestiegen. Akribisch wurde ein weiteres Mal jeder Zentimeter untersucht. Jeder wollte absolut sicher gehen, auch nicht das kleinste Detail übersehen zu haben und hoffte auf den „Kommissar Zufall", und dass doch noch irgendein Hinweis, eine Spur auftauchen würde. Dem war aber nicht so; es wurde nichts gefunden.

„Die Hoffnung stirbt zuletzt!", wer kennt nicht diese abgedroschene Lebensweisheit.

Die Medien waren währenddessen selbstverständlich immer in den Fall mit eingebunden und berichteten ausführlich. Besonders die Regenbogenpresse hatte sich darauf gestürzt und immer wieder sah man selbsternannte Detektive im Bereich der Wasserfälle oder vom Wiedenfelsen in Richtung Sickenwälder Horn schleichen, bei der Suche auf eigene Faust und der Hoffnung, etwas Spektakuläres zu finden.

„Eine Nadel im Heuhaufen suchen", wäre aber in diesem unwegsamen Gelände und bei dem undurchdringlichen Gestrüpp im Vergleich geradezu eine Leichtigkeit. Der Reiz, doch noch das Unmögliche möglich zu machen, eine Sensation zu liefern, war andererseits zu verlockend.

Zwei Jahre später startete Opa Frank eine erneute Initiative, verteilte Flugblätter in Bühl, Bühlertal und entlang der Schwarzwaldhochstraße, immer noch in der Hoffnung, von irgendwoher einen winzigen Hinweis zu bekommen; eine Spur zu finden. Die relativ hohe Belohnung von inzwischen auf 10000 Euro aufgestockte und ausgelobt, für einen Hinweis, der zum Auffinden des Enkels führen würde, stand immer noch im Raum. Gelegentlich tauchte auch da und dort eine Meldung auf, dass man einen Jungen gesehen haben wollte, der dem Bild des Verschwundenen entsprechen könnte. Es weckte in der Familie leider nur wieder unnötige Hoffnungen, die sich alsbald zerschlugen und wie Seifenblasen platzen.

Die Polizei hatte den Aktendeckel noch nicht vollständig geschlossen, hoffte aber eher weiter auf „Kommissar Zufall".

„Nicht zum ersten Mal wurde auch der schwierigste Fall nach Jahren doch noch aufgeklärt", erklärten sie der Familie wieder und wieder und machten Hoffnung.

Die Mutter Christel war wegen anhaltend schweren Depressionen längst dauerhaft arbeitsunfähig und nicht mehr fähig allein leben zu können. Die Eltern behielten sie bei sich und kümmern sich seitdem so gut es geht um ihre Tochter. Das Haus hatte man längst verkauft, verkaufen müssen, um die hohen anfallenden Kosten zu decken, die die eigenständige Suche und Aktionen schon verschlungen hatte. Was nach Tilgung der Schulden übriggeblieben war, hatten die

Kosten der Aufwendungen der Großeltern für eigene Suchmaßnahmen längst aufgefressen. Die Wahrsagerin und andere vermeintliche Spezialisten verschlangen zudem auch Unsummen.

„Außer Spesen nichts gewesen", sagt man allgemein.

Neben dem persönlichen Verlust des Sohnes und Enkels kam ein weiterer, tragischer Sachbestand hinzu. Bei den Großeltern waren sowohl der Sohn als auch die Tochter Einzelkinder und somit alleinige Erben des elterlichen Vermögens - und deren Erbe sollte wiederum Kevin sein. Man war sich völlig im Klaren, dass nach dem Ableben der Großeltern das Vermögen für die Pflege von Christel draufgehen würde und wenn tatsächlich dann noch etwas übrigbleiben sollte - oder die Tochter vor den Eltern ablebt – dann wäre die weitläufige Verwandtschaft zum Erben an der Reihe.

Wen wundert es, dass die gläubigen Großeltern öfters mit Gott haderten und wissen wollten:

„Warum hat er uns ein solches schreckliche Unglück angetan, warum hat er eine solche untragbare Prüfung für uns zugelassen?" Eine Antwort fanden sie nicht und auch die Seelsorger konnten ihnen die Fragen auch nicht beantworten. Man konnte solche Überlegungen ihnen aber auch nicht verdenken.

Tatsächlich blieb und ist der Junge bis heute verschwunden und nicht einmal durch Zufall nicht irgendwo wieder aufgetaucht, geschweige denn, dass sich die kleinste Spur aufgetan hätte. Längst ist er eine Zahl in einer langen Vermisstenliste der Polizei, die verschwundene Jugendliche und Erwachsene aufweist; ein Fall unter vielen oder ein „Cold Case" [10]), wie diese Fälle heute im Kriminalisten-Jargon genannt werden. Wären die Großeltern nicht so hartnäckig drangeblieben, würden man nicht einmal mehr daran denken oder vielleicht erst in ein paar Jahrzehnten von einem ehrgeizigen Kriminalisten oder einer Kriminalistin wieder einmal aufgegriffen und mit den neuesten kriminologischen Mittel erneut beleuchtet. Wer weiß? So aber kam der Fall doch in ein paar Jahresabständen immer wieder ins Licht der

---

[10]) https://de.wikipedia.org/wiki/Cold_Case_%E2%80%93_Kein_Opfer_ist_je_vergessen

Öffentlichkeit und vielleicht ergeben sich dabei doch irgendwann neue Fakten oder Spuren

Insofern hatte der Vater sein egoistisches, selbstsüchtiges Ziel erreicht, sein perverser, tödlicher Plan ist voll aufgegangen. Wieder eine familiäre Tragödie in der Statistik unzähliger und ebenso trauriger Fälle. Jahre danach bestehen kaum noch Aussichten irgendwelche Überreste des Toten am Liegeplatz, an der kaum zugänglichen Stelle zu finden oder gar zu bergen.

Es ist auch nicht damit zu rechnen, dass - wie beim Vater - ein Hund sich zu diesem Versteck am Unholdfelsen verirren könnte und auch kein einsamer Wanderer kommt auch nur annähernd an den gut versteckten und längst zugewachsenen oder überwucherten Platz. Weder Fuchs noch ein anderes Tier werden in der Lage sein, den Stein auf dem Loch zu überwinden und an den Leichnam heranzukommen. Der Zahn der Zeit wird endgültig alle Spuren beseitigen, wenn es nicht längst schon der Fall ist.

Epilog

Die Grundlage dieser fiktiven Geschichte ist ein die Öffentlichkeit bewegendes Ereignis, das sich in der Region über Bühlertal so oder ähnlich zugetragen hat und über Tage und Wochen die Medien beschäftige. Den Vater hat man schließlich nach Wochen tot aufgefunden, wobei die Umstände seines Ablebens bis heute nicht völlig geklärt sind. Das schwierige Gelände, in dem er gefunden wurde, hat man mehrfach systematisch abgesucht und dabei jeden Stein umgedreht. Es war alles erfolglos. Immer wieder wurde deshalb spekuliert, wo der Junge umgebracht worden sein könnte, ob er vielleicht noch am Leben ist und sich im Ausland oder sonst wo befindet. Es gibt auch keine Erkenntnisse, ob und wie er umgebracht wurde und wo sich seine sterblichen Überreste befinden.

Der Handlungsort, der genaue Tathergang, ebenso der Lebenshintergrund der erwähnten Personensind sind nicht real, dies liegt bis heute im Dunkel. Diese Fiktionn soll aber aufzeigen, dass es durchaus so möglich gewesen wäre. In einem unwegsamen Gelände könnte man eine Leiche endgültig verschwinden zu lassen, wenn es nur schlau genug angegangen wird. Da will ich nicht einmal darüber spekulieren, dass zum Beispiel im Gebiet mit starker Wildschweinpopulation - und das ist in den Wäldern rund um die Bühler Höhe tatsächlich auch der Fall - von einem Leichnam nicht einmal Knochenrest übrigbleiben würden.

Obwohl sich in Jahresabständen die Medien - regionale Tageszeitungen, das Fernsehen - mehrfach den Fall aufgegriffen haben und ausführliche Berichte brachten, ergab sich keine neuen Spuren und Erkenntnisse. Das Geheimnis wurde nie gelüftet. Die Großeltern gaben trotzdem bis heute nicht auf und wanden sich immer wieder an die Öffentlichkeit und verfolgten jeden noch so geringen Hinweis. Auch sogenannte Wahrsager oder Hellseher wurden hinzugezogen. Bisher vergeblich. Sie sind aber nach vor sicher, dass ihr Enkel irgendwo noch leben muss. Die Hoffnung stirbt bekanntlich zuletzt.

Leser-Information zu Walter W. Braun

Der Autor, Jahrgang 1944, ist Kaufmann mit abgeschlossenem BWL-Studium. Bis zum Ruhestand war er als Handelsvertreter aktiv. Um dem Tag Sinn und Struktur zu geben, begann er Bücher zur eigenen Biografie oder Fiktionen zu unterschiedlichen Themen - teils mit realem Hintergrund - zu schreiben. Es ist ein Zeitvertreib und spannend, wie sich aus einer Idee, der Bogen zwischen fiktiver Geschichte hin zu einer schlüssigen Story entwickelt. Wichtig ist es dem Autor, dem Leser ohne große Schnörkel und literatursprachlichen Raffinessen, Unterhaltung zu bieten, oft ergänzt mit seiner subjektiven Meinung. Er will durch seine Erzählungen zudem Hintergrundwissen vermitteln,

Hinweise auf landschaftliche oder historische und geschichtliche Besonderheiten geben und mit informativ bildhafter Darstellung an reale Plätze führen, an denen sich die dargestellte Handlung abgespielt hat. Wenn es den Leser anregt, sich selbst vom Handlungsort, den Schauplätzen, ein Bild zu machen, ist das Ziel erreicht.

www.schwarzwaldautor.de

Weiterlesen? Im Handel erhältliche Titel des Autors:
Alle Bücher sind kurzfristig bei BoD, Buecher.de (versandkostenfrei), Amazon und anderen im Internethandel erhältlich, ebenso im örtlichen Buchhandel, sowie als E-Books.
www.schwarzwaldautor.de

Leben ist Glück genug - Vom Schwarzwald zur Seefahrt bei der Marine
Paperback, 280 Seiten, 8 Farbbilder, ISBN-13:9-783-735-743-411
Aufwärts ist längst nicht oben
Paperback, 356 Seiten, 35 Farbseiten, ISBN-13:9-783-735-739-056
Top-Touren im Südwesten - für geübte und konditionsstarke Wanderer
Paperback, 160 Seiten, 45 Farbseiten, ISBN-13: 9-783-750-431-430
Zu Fuß dem Südwesten hautnah 111 Tipps und mehr
Paperback, 260 Seiten, 46 Farbbilder, ISBN-13: 9-783-738-628-814
Deutsch-Französische Liaison - C'est la vie
Paperback 116 Seiten, 13 Farbbilder, ISBN-13: 9-783-739-223-629
Zwei ungleiche Brüder im Fadenkreuz des Schicksals
Paperback, 140 Seiten, 9 Farbseite, ISBN-13: 978-375-266-046-3
Drama am Breithorn
Paperback, 108 Seiten, 6 Farbbilder, ISBN-13: 9-783-734-765-131
Mord in Hintertux - Tatort Zillertal
Paperback 104 Seiten, 18 Farbbilder, ISBN-13: 9-783-739-215-136
Der Spieler - Ein ungewöhnlicher Kriminalfall
Paperback, 132 Seite und 6 Farbbilder, ISBN-13: 9-783-734-776-199
Zu fit für den Ruhestand - zu alt für einen Job
Paperback, 108 Seiten, 11 Farbbilder, ISBN-13: 9-783-735-743-213
Im Banne des Moospfaff - Nordracher Unternehmer-Saga
Paperback, 120 Seiten, 10 Farbseiten, ISBN-13: 9-783-751-923-866
Dunkel überm Eulenstein – Tragödie auf der Bühlerhöhe
Paperback, 144 Seiten, 12 Farbseiten, ISBN-13: 9-783-741-299-490
Reflexion des Lebens in Lyrik und Prosa
Paperback, 140 Seiten, 23 Farbseiten, ISBN-13: 9-783-741-276-576

Neues aus Resis Gedichte-Werkstatt - Poesie in Dur und Moll
Paperback 168 Seiten, 12 Farbseiten, ISBN-13: 978-75437420-7
Glauben ist einfach - oder einfach glauben
Paperback, 420 Seiten, 24 Farbseiten, ISBN-13: 9-733-754-309-322
Lach mal wieder - Eine Sammlung von 163 Liedern, Vorträgen und Sketchen
Paperback, 292 Seiten, 17 Farbbilder, ISBN-13: 9-783-741-228-766
Über Grenzen gehen - Wenn einer eine Reise tut...
Paperback, 360 Seiten, 26 Farbseiten, ISBN-13: 9-783-734-746-925
Sabotage im Weinberg - Tatort Durbach
Paperback, 124 Seiten, 12 Farbseiten, ISBN-13: 9-783-741-297-250
Mein Freund der Alkohol - Kritische Betrachtung eines ambivalenten Genussmittels
Paperback, 204 Seiten, 16 Farbseiten, ISBN-13: 9-783-755-727-705
Der Eremit vom Wilden See - Ein entschlossener Aussteiger
Paperback, 288 Seiten, 24 Farbseiten, ISBN-13: 9-783-753-464-275
Der Seppe-Michel vom Michaelishof - Eine Schwarzwald-Saga
Paperback, 304 Seiten, 23 Farbseiten, ISBN-13: 9-733-746-026-308
Michaelishof - Eine Tochter muss sich behaupten Schwarzwald-Saga Teil 2
Paperback, 336 Seiten, 23 Farbseiten, ISBN-13: 9-733-744-840-392
Gottes Wesen verstehen
Paperback, 256 Seiten, 14 Farbseiten, ISBN-13: 9-783-751-972-734
Der Selfmademan - Eine Unternehmer-Saga
Paperback, 348 Seiten, 18 Farbseiten, ISBN13: 9-783-754-325-667
Leben im Corona-Nebel
Paperback, 220 Seiten, 9 Farbbilder, ISBN-13: 9-783-752-610-161
Leben ist lebensgefährlich - vom ersten Tag an
Paperback, 212 Seiten, 14 Farbseiten, ISBN-13: 978-375-437
Mit achtundsiebzig Jahren auf dem Westweg von Pforzheim nach Basel
In 11 Etappen von Nord nach Süd längs des Schwarzwaldes –
ein Teilstück des European long distance path E 1
Paperback, 208 Seiten, 62 Farbseiten, ISBN-13: 9783756820382